http://www.bbulmedia.com

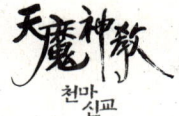

天魔神教

천마신교

운후서 신무협 장편 소설

目次

第一章	강호무림(江湖武林)	7
第二章	화합회의(和合會議)	51
第三章	모용세가(募容世家)	87
第四章	혈마신마(血魔神魔)	129
第五章	해남검파(海南劍派)	167
第六章	권모술수(權謀術數)	211
第七章	청성검객(靑城劍客)	239
第八章	팔대고수(八代高手)	275

第一章
강호무림(江湖武林)

순간, 꿰뚫린 것만 같았던 독고천의 신형이 흐릿해지더니 뒤로 튕겨져 나갔다.
 노전득은 당황치 않고 곧바로 독고천에게 흑묵룡장을 재차 쏘아 냈다.
 콰앙!
 굉음과 함께 독고천의 몸에 장풍이 격중되었다.
 주변으로 흙먼지가 피어올랐다.
 갑작스런 상황에 천마신교 고수들은 어찌할 줄을 몰라 했다.
 분명 교주에게 충성을 다하는 그들이었지만, 교주를 위해 내전을 제압한 독고천에게 공격을 가한 것은 상식적으로 이해가 불가능한 상황이었다.

그때, 뿌연 흙먼지에 아랑곳하지 않고 노전득과 그를 뒤따르던 장로들이 모두 몸을 날렸다.

각자 병장기를 뽑아 든 채 먼지 폭풍 안으로 신형을 날린 것이다.

그 순간, 먼지 안에서 붉은빛 장풍이 뿜어져 나왔다. 신형을 날리던 장로들은 피를 토하며 뒤로 물러섰다.

먼지가 걷히고 나자 독고천의 모습이 드러났다.

의복은 이미 넝마가 되어 있었고, 입가에서는 한 줄기 피가 흘러내렸다.

그 모습에 천마신교의 고수들이 갑자기 병장기를 뽑아 들고 교주의 반대편에 섰다.

그 모습에 노전득이 인상을 찌푸렸다.

"다들 뭐 하는 짓이냐!"

"설명을 해 주십시오, 교주님."

이자헌이 단호하게 물었다.

그러자 노전득이 초조한 기색을 보이며 이자헌 너머에 있는 독고천의 상태를 연신 훑었다.

"빨리 나오게! 명령이네!"

노전득이 이마에 핏줄을 세우며 경을 쳤다.

그러나 이자헌을 비롯한 천마신교의 고수들은 고개를 내저었다.

"우린 대주의 무공을 보았고, 대주가 가진 마인으로서의 자질을 보았으며, 그의 무인됨을 보았습니다. 그를 해치려는 이유가 무엇입니까?"

"빨리 나오지 않으면 죽음뿐이네!"

이자헌의 물음에도 노전득은 꾸짖듯 단호히 말했다.

그러자 이자헌이 검을 뽑아 들었다.

명백한 반역이었다.

그 모습에 노전득이 이를 갈며 외쳤다.

"반역자들을 쳐라!"

장로들이 신형을 날리며 병장기를 휘둘렀다.

순간, 앞을 가로막고 있던 천마신교의 고수들과 장로들의 칼이 맞부딪쳤다.

"으아아아!"

"대주님을 지켜라!"

고요했던 녕하 분타가 다시 아수라장이 되어 가고 있었다.

이자헌은 뒤로 물러서며 독고천을 훑었다.

"대주님, 괜찮으십니까?"

"그래, 괜찮다."

독고천이 소매로 입가를 닦으며 고개를 끄덕였다. 그러자 이자헌이 한숨을 내쉬었다.

"이미 반역도가 되어 버렸습니다, 대주님."

"반역? 아니다."

독고천이 단호하게 고개를 내젓자 이자헌이 의아한 시선으로 바라보았다.

하지만 독고천의 표정에서는 그전에는 보지 못했던 냉혹함이 흘러나오고 있었다.

"내가 본 교를 접수하면 반역이 아니지 않나."

독고천의 대답에 이자헌의 경악하며 눈동자를 동그랗게 떴다.

갑자기 독고천의 신형이 앞으로 쏘아져 나갔다. 이자헌은 정신을 가다듬고는 곧바로 독고천의 뒤를 쫓았다.

천마신교의 고수들은 처음에 대등한 대결을 보여 주다가 점차 장로들에게 무너지고 있었다.

그리고 그 중심에는 흑제 노전득의 흑묵룡장이 있었다. 그의 장풍에 격중당한 자들 중 몸이 성한 자가 없을 정도였다.

순간, 장로 두 명이 쏘아져 가는 독고천의 앞을 막아섰다.

한 명은 냉혈귀마(冷血鬼魔) 기천둔이었다.

그는 장로들 중 가장 나이가 많았으며, 뛰어난 계략을 이용해 상대방을 말려 죽이는 것을 선호하는 고수였다.

기천둔 옆에는 거대한 장한이 서 있었는데, 절웅거마(絕熊巨魔) 운팔진이었다.

그의 완력은 태어날 때부터 타고났는데, 무공을 익힘으로써 더욱 빛이 났다.

맨손으로도 바위를 부술 수 있는 천력을 지닌 고수가 된 것이다.

그들 모두가 천마신교 서열 이십 위 안에 들어가는 절정고수들이었다.

"교주님의 명령이다! 얌전히 죽어라!"

기천둔이 검으로 독고천을 가리키며 단호히 말했다. 그러나 독고천은 아무 말 않고 냉정한 눈으로 기천둔을 바라볼 뿐이었다.

그러자 기천둔이 성을 냈다.

"이 건방진 놈! 교주님께서 네가 반역을 꾀하고 있다는 사실을 알아채셨다! 잔말 말고 목을 내놓아라!"

순간, 독고천의 검이 살짝 움직였다.

기천둔이 고개를 갸웃거렸다.

"뭐냐? 방금……."

기천둔의 말이 끝나기도 전에 가슴팍에서 피가 폭포수처럼 쏟아져 나왔다.

푸아아!

기천둔은 말도 안 된다는 표정을 짓더니 가슴팍을 부여잡으며 옆으로 쓰러졌다.

그사이, 옆에 서 있던 운팔진이 독고천에게 덤벼들었다.

그의 거대한 주먹이 독고천의 얼굴에 꽂혔다.
운팔진의 입가에 미소가 맺혔다.
'제대로 먹혔다!'
그러나 운팔진의 미소는 잠시였다. 독고천의 얼굴에 꽂혔던 오른 주먹이 잘려 나간 것이다.
푸아악.
운팔진의 팔목에서 피가 솟구쳤다.
이어 독고천의 검이 허공을 격하자 운팔진의 왼쪽 주먹이 땅에 떨어졌다.
운팔진은 신음을 터뜨리며 앞으로 고꾸라졌다.
독고천은 망설임없이 운팔진의 신형을 뛰어넘었다.
그 모습에 천마신교의 고수들이 싸움을 멈추고 독고천의 양옆에 섰다.
노전득은 일이 꼬였다는 것을 깨닫고 망연자실한 표정으로 독고천을 바라보았다.
"자네가 교주의 자리를 노리고 있다는 소리를 들었네."
노전득의 변명에도 불구하고, 독고천은 물끄러미 바라보고 있을 뿐이었다.
그러자 노전득의 얼굴이 붉어졌다.
자신이 생각해 봐도 말이 되지 않던 것이다.
교주의 자리를 노리고 있는 자가 내전을 정리하기 위해 목숨을 걸고 적진에 쳐들어가서 적장의 목을 벤다는 사실은 아무래도 설득력이 없었다.

노전득이 자신의 뒤에 서 있는 고수들을 흘겨보았다.

장로들을 비롯해 교주의 호위대인 천마대가 병장기를 뽑은 채 도열해 있었다.

그러나 막강한 마기를 뿜어내고 있는 그들의 눈에서도 연신 망설임이 흘러나오고 있었다.

또한 그들의 눈에서는 더 이상의 충성심이 보이지 않았다.

사실 노전득은 두려웠다.

자신의 몸은 하루하루 노쇠해져만 갔고, 추영독이란 놈은 몰래 자신의 세력을 키우고 있었다.

심지어 많은 고수들조차 자신에게 등을 돌리고 추영독에게 갈 정도였다.

점점 교주라는 자리에 집착하고, 수하들에게 신뢰를 주지 못할 정도가 되었다.

그러던 중 독고천이라는 고수가 등장했다. 거듭 조사를 했지만 먼지 한 톨 나오지 않았다.

그랬기에 더욱 독고천을 의심했다.

그리고 그 의심이 날로 더해져 승승장구하는 독고천을 증오하기에 이르렀다.

자신이 잃어버린 젊음과 강함을 가지고 있는 그를 질투했다.

그리고 모든 일이 끝났다는 소식을 듣는 것과 동시에 심복들을 데리고 자신의 마지막 걱정거리인 독고천을 제거하러 왔던 것이다.

그러나 암습에 실패하자 자신을 이해하고 따라와 줄 알았던 다른 고수들마저 자신에게 등을 돌려 버리고 말았다.

노전득이 깊은 한숨을 내쉬며 주위를 두리번거렸다. 그리고 자신의 손을 내려다보았다.

환골탈태를 통해 젊음을 다시 얻었지만, 세월의 무게를 언제까지나 속일 수는 없었다.

언제까지나 젊을 줄 알았던 자신의 얼굴에 조금씩 주름이 생겨났고, 짙은 흑발은 조금씩 백발로 변해 갔다.

경천동지할 무공을 익혔음에도 불구하고 세월을 비껴 가진 못했다.

지난 세월이 주마등처럼 스쳐 지나갔다.

처음 흑묵룡장을 익혔던 날부터, 강호에 나가 여인과 사랑을 나누었던 날, 처음 명호를 얻은 날, 그리고 교주의 자리를 차지했던 날……

모든 추억들이 그의 가슴속에 깊게 자리 잡고 있었다.

순간, 노전득의 눈가가 촉촉해지기 시작했다.

그냥 그는 외로웠던 것이다.

힘으로 얻은 것이었기에 힘이 없어지면 모든 것이 사라질까 두려웠던 것이다.

암습이 실패한 이상 독고천이 자신을 살려 둘 리가 없었다.

노전득이 힘없이 미소 지었다.

"절대마령대주."

"예."

독고천이 무심히 고개를 끄덕였다.

그러자 노전득이 입을 달싹였다.

"미안하네. 자네를 믿지 못하고 신뢰를 저버린 날 용서해 주게나."

순간, 흑묵룡장이 펼쳐지더니, 노전득 스스로 자신의 심장 부근에 손을 박아 넣었다.

콰앙!

노전득이 튕겨나가듯 뒤로 널브러졌다.

그는 입으로 꿀럭꿀럭 피를 토해 내면서도 옅은 미소를 지었다.

두 주먹으로 강호를 종횡하며 강호무림에 공포의 흑제라는 명호를 울리게 했던 천마신교의 거두(巨頭), 흑제 노전득은 그렇게 숨을 거두었다.

장로들을 비롯해 교주 측 고수들은 난데없는 상황 변화에 모두 경악을 감추지 못했다.

독고천이 널브러져 있는 노전득에게 다가갔다.

노전득의 시신을 들어 올린 독고천이 주위를 훑어보았다.

"총타로 돌아가자."

독고천이 앞장서자 그 뒤로 천마신교의 고수들이 뒤쫓았다.

그들의 표정은 장엄했다.

그들이 떠난 녕하 분타는 피비린내와 시체들로 가득했고, 을씨년스런 바람만이 불어올 뿐이었다.

그리고 삼 년이 흘렀다.

* * *

"교주님."

적의사내가 단상에 가부좌를 틀고 있는 흑의사내를 불렀다.

그러나 흑의사내는 눈을 감은 채 묵묵부답이었다. 그러자 적의사내가 피식 웃었다.

"교주님, 들으신 거 다 압니다."

그러자 가부좌를 틀고 있던 흑의사내의 한쪽 눈이 슬며시 떠졌다.

"이런 젠장, 또 무슨 일이냐?"

흑의사내의 투덜거림에 적의사내가 눈썹을 까닥이며 밝게 입을 열었다.

"이번은 지루한 서류 뭉치가 아닙니다, 교주님."

그러자 흑의사내의 나머지 눈도 떠졌다.

적의사내가 말을 이어 나갔다.

"이번에 강호무림제일대회(江湖武林第一大會)가 열린다고 합니다."

"관심없다."

흑의사내가 눈을 다시 감았다.

그럼에도 불구하고 적의사내는 싱글벙글 웃고 있었다.

"참석하시라는 얘기가 아닙니다. 이번에 구파일방 측에서 대회를 주최하는데, 그전에 열린 강호 화합 회의에서 본교도 초대를 받았습니다. 아무래도 강호의 화합이 주 목적이니 본 교에 초대장을 안 보낼 수가 없었을 것입니다."

"그런데?"

"원래 부교주 정도만 보내도 넘칠 테지만, 이번에 제가 힘 좀 써서 교주님이 직접 가게끔 조치해 놓았습니다. 답답한 서류 뭉치에서 벗어나 바람 좀 쐬고 오시면 됩니다."

답답한 서류 뭉치를 강조하는 적의사내의 말에 흑의사내는 마음이 흔들렸다.

"그럼 서류는 누가 검토하고?"

"내총관에게 시키면 되지 않겠습니까?"

적의사내가 비열한 미소를 지으며 씨익 웃었다. 그러자 흑의사내가 가부좌를 풀고 거침없이 벌떡 일어섰다.

"이자헌 장로."

"예."

적의사내는 삼 년 전 천마혈전(天魔血戰)이라 칭해진 내전에서 혁혁한 공을 세운 이자헌이었다.

공로를 인정받아 절대마령대 부대주의 위치에서 장로의 위치로 뛰어오른 것이었다.

"동행은?"

"마기가 풀풀 풍기는 놈들로 뽑아 드리겠습니다."

마기가 풀풀 풍긴다는 말에 흑의사내가 만족한 듯 고개를 주억거렸다.

"어설프게 풍기면 안 되는데 말이지."

"예. 안 그래도 부교주님을 같이 보내 드릴까 고려하던 중이었습니다."

부교주라는 말에 흑의사내가 만족한 듯 고개를 끄덕였다.

"부교주라고 하니, 한 명 데리고 가고 싶은 녀석이 떠올랐네."

"그게 누굽니까?"

이자헌이 궁금한 듯 묻자 흑의사내가 씨익 웃으며 말했다.

"비마대주(飛魔隊主)."

* * *

"아니, 이게 뭐야!"

내총관 문장덕이 서류를 보더니 경악했다.

주위에 있던 흑의사내가 급히 문장덕에게 다가가며 물었다.

"무슨 일이십니까?"

"교주님, 부교주님, 그리고 절대마령대주가 동시에 출타를 했다고? 그리고 왜 하필 내가 교주님의 인장을 대신 찍어야 해?"

너무나도 엄청난 소식에 문장덕의 무릎이 후들거렸다.

천마신교의 기둥이라 할 수 있는 자들이 동시에 출타해 버린 것이었다.

"이, 이 서류! 누가 도장 찍었는지 찾아와!"

"존명!"

문장덕은 몰려오는 두통에 인상을 찌푸리며 의자에 털썩 주저앉았다.

얼마 지나지 않아 흑의사내가 난감하다는 듯 조심스레 들어왔다.

그 모습에 머리를 쓰다듬던 문장덕이 고개를 끄덕였다.

"그래, 대체 어떤 놈이 그 서류에 승인 도장을 찍었다고 하더냐? 그놈 당장 데려와."

하지만 흑의사내가 뒤통수를 긁으며 머뭇거릴 뿐이었다. 그러자 문장덕이 답답한 듯 소리를 질렀다.

"빨리 말해! 어떤 놈이야!"
"이자헌 장로님이십니다."
"끄응."
순간, 문장덕은 머리에 무언가로 맞은 듯 멍한 표정을 지었다.
자신은 장로에게 감히 뭐라 할 끗발이 아니었다.
물론 내총관은 강력한 직위였지만, 장로에게는 한 끗발이 모자랐다.
장로 측에서 내총관에게 명령할 수 있는 것은 아니었지만, 내총관 측에서도 장로 측에 뭐라 할 수 있는 위치가 아니었다.
문장덕이 멍하니 탁자를 내려다보더니 중얼거리듯 속삭였다.
"술 가져와."
"옛?"
"술 가져오라고! 아주 큰 거 한 통으로!"
문장덕의 울부짖음에 흑의사내가 허겁지겁 밖으로 뛰어나갔다.
문장덕은 울분이 터지는지 주먹으로 자신의 가슴을 마구 쳤다.
흑의사내가 커다란 술 한 통을 가져오자 문장덕은 술통째로 꿀꺽꿀꺽 마시기 시작했다.

이윽고 술통을 바닥에 탁, 내려놓은 문장덕은 소매로 입가를 닦았다.

문장덕이 가볍게 트림을 했다.

"꺽."

곧 문장덕의 얼굴이 붉어지기 시작하더니, 그의 입에서 사자후가 터져 나왔다.

"이자헌, 네 이놈!"

* * *

비마대주 천선우가 느낀 심정은 한 가지였다.

마른하늘에 날벼락!

그는 왼쪽을 바라보았다.

매우 표독스런 인상을 지녔지만 그에 상응하는 아름다움을 지닌, 그러나 아름다움과 어울리지 않는 거대한 도를 짊어지고 있는 여인이 눈에 들어왔다.

천마신교 부교주, 냉옥마후(冷玉魔后) 장소연이었다. 그녀는 천마혈전 전부터 천마추살대주를 맡고 있었다.

하지만 지난 삼 년 동안 깨달음을 얻어 부교주의 자리를 차지한 불세출의 여고수였다.

특히 여고수치고는 독특하게 거대한 패도를 병장기로 애용하고 있었다.

그녀의 몸 주위로 자색 마기가 은은하게 감싸고 있었는데, 그것을 보아 마기를 풍기는 것을 그다지 좋아하지 않는 듯 보였다.
"뭘 보나?"
장소연의 표독한 물음에 천선우가 급히 고개를 숙였다.
"아닙니다."
고개를 푹 숙이고 있던 천선우가 슬쩍 오른편을 바라보았다.
천마신교 최강의 무력 부대, 절대마령대주 혈천마검 구욕진이 눈에 들어왔다.
구욕진은 자신보다 약자라고 판단되면 가차없이 무시하는, 난폭한 성격의 소유자였다.
또한 자신의 뜻을 쉽게 굽힐 줄 몰랐다.
당연히 그의 몸에서는 미칠 듯한 자색 마기가 넘실거리고 있었다.
"뭐야?"
구욕진의 거친 말투에 천선우가 급히 고개를 돌렸다. 가장 문제는 가장 앞서 가는 사내였다.
천선우가 연신 앞을 힐끗거렸다.
그러자 앞에 걸어가던 흑의사내가 뒤를 돌아보았다. 그는 날카로운 눈매와 매우 강인한 인상을 지니고 있었다.
혈마(血魔) 독고천!

천마혈전 이후 교주로 등극한 천마신교 최강의 사내!

 그는 백여 년 전 실전되었다고 알려진 혈마의 무공을 익힌 최강의 고수였다.

 혈마의 무공을 익힌데다 예전 혈마의 생사 여부는 알 수 없었기에 혈마라는 명호를 계승한 것이다.

 물론 천마혈전은 강호에 자세히 알려지지 않은 비밀스런 사건 중 하나였다.

 강호의 정보 세력들은 단지 교주가 바뀌었고 어떤 무공을 쓰는지 하는 얄팍한 정보밖에 얻을 수 없었다.

 혈마라는 명호도 천마신교 내에서 고수들의 입소문을 거치고 거쳐 얻게 된 것이었다.

 "뭔가?"

 독고천의 물음에 천선우가 조심히 입을 열었다.

 "아무리 평화의 시대라고는 하지만 교주님과 부교주님, 그리고 절대마령대주님이 동시에 총타를 비우면 안 되지 않겠습니까?"

 조심스러운 천선우의 말에 옆에 있던 장소연이 짜증난다는 듯 거칠게 답했다.

 "본 교는 그 정도로 약하지 않다는 것을 알고 있지 않나? 또 다른 부교주가 지금 교주님의 대리로 있고, 사대무력부대 중 세 명의 대주가 총타에 머물러 있단 말이지. 또한 장로들도 머물러 있는데 뭐가 걱정이란 말이냐. 뭐, 일이 년씩이나 자리를 비우는 것도 아닌데 말이야."

장소연의 말에 천선우가 입을 다물었다.

그러나 여전히 할 말이 남았는지 무언가 작게 중얼거렸다.

그 모습에 장소연이 고개를 내저었다.

"비마대주."

"예."

"정말 변한 게 없군. 그래서 더 대단해. 꾸준히 소심하고 쪼잔하네. 훌륭해."

천선우가 못마땅하다는 표정으로 고개를 푹 숙였다. 그 모습에 구욱진이 어처구니없다는 듯 천선우를 바라보았다.

"비마대주."

"예."

"지금 부교주님이 말씀하신 거 들리지 않나?"

"죄송합니다."

천선우의 말에 구욱진이 혀를 찼다. 그러나 독고천이 손을 들어 제지했다.

"객잔이나 찾아보게."

독고천의 말에 구욱진이 정중히 고개를 숙였다.

"존명."

그리고 곧바로 천선우를 툭, 쳤다.

"찾아봐라."

"옛!"

천선우가 혼자 궁시렁거리면서 앞으로 튀어 나갔다. 그 모습에 구욕진이 혀를 찼다.

"어찌 저런 놈이 비마대주를 맡게 되었는지."

구욕진이 어이없다는 듯 고개를 내저었다. 그러자 옆에 있던 장소연이 입을 열었다.

"정파의 무공과 본 교의 무공을 함께 익힐 수 있는 자는 흔치 않아서 그렇다."

"그렇군요. 두 개의 심법을 동시에 익히고 있다는 녀석이 저 녀석이었습니까?"

"그래. 그리고 저 녀석과 한때 동기였지."

장소연의 말에 구욕진이 놀란 듯 눈을 동그랗게 뜨며 물었다.

"부교주님과 말씀이십니까?"

장소연이 고개를 까닥였다.

"교주님과도 동기였지."

구욕진이 탄성을 내지르더니, 저 멀리 신형이 멀어지고 있는 천선우를 보며 다시 혀를 찼다.

"그런데 저놈은 왜 저 모양인지."

얼마나 지났을까.

멀리 사라졌던 천선우가 어슬렁거리며 다가왔다. 척 보아도 가까이 다가오고 싶어 하지 않는 눈치였다.

그 모습에 독고천이 피식 웃었다.

그에 구욱진이 뒤에서 눈을 부릅뜨고 노려보자 천선우가 허겁지겁 다가왔다.

"약 삼백 장 앞에 객잔 하나가 있습니다."

천선우가 가장 앞에서 그들을 안내했다.

깊은 산속은 아니었지만, 나름 깊숙한 곳에 있는 객잔이었다.

아마도 야행객 위주로 장사를 하는 객잔 같았다.

독고천 일행이 객잔 안으로 들어서자 점소이는 그저 경악할 수밖에 없었다.

몸에서 괴기한 기운을 흘리고 있는 귀신같은 자, 세 명이 한꺼번에 들이닥쳤으니 말이다.

독고천과 장소연은 절정의 경지에 다다랐기 때문에 충분히 마기를 조절할 수 있었다.

그러나 독고천은 마기를 풍기는 것을 선천적으로 좋아하는 진정한 마인이었다.

하지만 시도 때도 없이 본신의 마기를 풍기고 다니면 무림인이 아닌 사람들은 마기에 눌려 정신을 잃을 수밖에 없었다.

그렇기에 독고천도 어느 정도 풍기는 마기를 줄이고 있

었다.
 장소연은 은은하게 흘러나오는 마기를 좋아했다.
 자색 빛이 은은하게 흘러나오면 더욱 아름다워 보인다는 이유에서였다.
 상황이 그렇다 보니 구욕진에게서 흘러나오는 자색 마기가 가장 진했고, 객잔 입구를 뒤덮을 정도로 흘러나오고 있었다.
 다행히 객잔 안은 아무도 없었다.
 그저 벌벌 떨고 있는 점소이 한 명이 다였다.
 점소이가 마기에 벌벌 떨면서 그들을 자리로 안내했다.
 객잔 구석이었는데 약간 퀴퀴한 냄새가 나는 것을 빼고는 나름 깔끔한 편이었다.
 독고천이 의자에 앉자 나머지 일행은 다른 탁자에 자리를 잡았다.
 점소이는 독고천이 상관이라는 것을 눈치채고 그에게로 다가갔다.
 "무엇을 드실 건지?"
 "소면 네 그릇과 소채, 그리고 만두 두 접시 부탁하네."
 "예, 잠시만 기다립쇼."
 독고천의 말에 점소이가 정중히 고개를 숙여 보이고는 주방으로 총총 모습을 감췄다.
 그러던 중 누군가 객잔 안으로 들어섰다.

마기를 풀풀 풍기는 것을 보아 그자 역시 천마신교의 고수였다.
 흑의사내가 부복하며 정중히 말했다.
 "교주님을 뵈옵니다."
 "무슨 일이냐?"
 "내총관께서 부교주님과 대주님을 찾습니다."
 흑의사내의 말에 장소연과 구욱진이 고개를 갸웃거렸다.
 "그게 무슨 소리냐?"
 "내총관께서 이렇게 직접 전하라고 하셨습니다."
 흑의사내가 잠시 긴장한 듯 침을 삼키고는 입을 열었다.
 "교주님이야 계속 총타에 계셨으니 그렇다 쳐도, 부교주님과 구욱진 놈까지 나가 있는 것은 안 돼! 가뜩이나 바쁘고 고수도 부족한 마당에 구욱진 놈은 왜 쫓아 나간 거야? 부교주님더러 돌아오시기를 부탁한다고 전해 드려. 구욱진 놈한테는 당장 돌아오지 않으면 반 죽인다고 해! 라고 하셨습니다."
 순간, 구욱진이 흑의사내에게 살기를 내뿜었다. 흑의사내가 다급히 손을 내저었다.
 "제, 제가 아니라 내총관께서 그대로 전하라고 하셨습니다, 대주님."
 구욱진의 이가 갈리는 소리가 객잔 안을 가득 채울 정도였다. 흑의사내가 식은땀을 흘렸다.

차를 홀짝이던 독고천이 씨익 웃으며 고개를 주억거렸다.

"내총관 말이 맞지. 자네 둘은 돌아가도록 하게. 실질적으로 나야 이번 강호 화합 머시기에서 본 교 대표로 간다고 이미 말해 놓은 상태였고, 자네들은 갑자기 따라온 거였지 않나. 돌아가게."

"옛. 그리고 내총관께서 교주님에게 소림(少林)까지 가는 길은 물론, 소림에서도 마기를 풍기지 말아 달라고 부탁하셨습니다."

"이유는?"

"수하들을 동반하면 괜찮지만, 교주님께서 그걸 원하는 성격도 아니시고 혼자 출타하셨으니 쓸데없는 위험은 자처하지 말아 달라고 부탁하셨습니다, 교주님."

독고천이 혀를 찼다.

"자유가 없군, 자유가. 뭐, 알았다고 전해 주게."

내총관 문장덕은 천마신교의 안주인이었다.

유일하게 교주에게 직언을 할 수 있는 성격을 지닌 호탕한 고수이기도 했고, 그걸 독고천이 유일하게 용납해 주는 고수이기도 했다.

장소연과 구욕진이 아쉬운 듯 자리에서 일어나고는 행장을 꾸렸다.

그 모습을 바라보던 천선우가 자신을 손가락으로 가리켰다.

"내총관께서 나에게는 별말씀 없으시던가?"

흑의사내가 갑자기 땀을 뻘뻘 흘렸다.

그는 천성적으로 거짓말과 숨기는 것을 못했다.

결국 그는 내총관이 말한 고대로 입 밖으로 내고 말았다.

"뭐야? 비마대주도 나갔어? 뭐, 얘는 총타에 있으나마나 밥만 축내지 뭐. 조만간 비마대주도 바꿔야 하는데 좀 똑똑한 놈으로, 라고 하셨습니다. 그러니 그냥 여기 계셔도……."

퍽!

순간, 천선우의 주먹이 흑의사내의 안면에 정확히 꽂혔다.

흑의사내가 뒤로 널브러지자 천선우가 가차없이 짓밟았다.

"너마저 날 무시해?"

질근질근 흑의사내를 밟던 천선우가 분을 삭이지 못하겠는지 연신 씩씩거렸다.

흑의사내는 코피를 흘리면서도 무심코 중얼거렸다.

"하, 하지만 전 들은 대로……."

꺼져 가던 불에 기름을 퍼붓는 말에 천선우가 발로 흑의사내를 연신 걷어찼다.

퍽퍽!

묵직한 소리와 함께 흑의사내가 신음을 터뜨렸다.

"저, 저는 그저 정확히 전달해 드리고자……."

천선우가 의자를 들어 흑의사내를 연신 내리찍었다.

"컥……. 제, 제발 그만……."

흑의사내가 입에 거품을 물고 기절하자 천선우는 그제야 혀를 차며 의자에 앉았다.

장소연과 구욱진은 그 모습이 재미있는지 피식 웃었다.

"비마대주, 한성깔 하는군. 교주님, 저희는 그럼 총타로 돌아가 보겠습니다."

"들어가게."

"존명."

장소연과 구욱진이 고개를 정중히 숙이고는, 신형을 날리려 했다. 순간, 독고천이 손을 들었다.

"아, 잠깐."

장소연과 구욱진이 뒤를 돌아보자 독고천이 빙긋 웃으며 기절한 흑의사내를 가리켰다.

"이 녀석도 데려가야지."

"옛."

그에 구욱진이 흑의사내를 들쳐 업고는 장소연과 함께 객잔 밖으로 쏟아져 나갔다.

얼마 지나지 않아 점소이가 주문한 음식들을 가져왔다.

야채들이 골고루 들어 있고 김이 모락모락 나는 모습에 절로 침이 흘러나왔다.

독고천은 이내 젓가락을 들어 야채를 집어 맛을 보고는 소면을 후르륵 먹기 시작했다.
혼자 씩씩거리던 천선우도 젓가락을 들고 만두를 집어먹으려 했다.
바로 그 순간, 천선우가 인상을 찌푸렸다.
만두에서 몽혼약(夢魂藥) 냄새가 풍겨 왔다.
몽혼약은 사람을 기절시키는 미약 종류인데, 강력한 효과를 지닌 것은 커다란 코끼리조차 단번에 재울 수 있을 정도였다.
아무래도 천선우는 정보 조직의 대주다 보니 많은 정보들을 접할 수밖에 없는 위치에 있었다.
때문에 몽혼약을 사용하여 손님들을 기절시켜 강도질하는 객잔이 있다는 소문은 간혹 들어왔다.
그런데 그런 객잔이 바로 이 객잔일 줄이야.
그러나 독고천은 아무런 이상 없이 소면 그릇을 비우고는, 다시 만두를 집어 먹기 시작했다.
혹시나 하는 마음에 천선우가 만두를 한입 베어 물었다.
순간, 달콤한 향이 입안 가득 퍼졌다.
그러고는 정신을 잃으며 탁자 앞으로 고개를 처박았다.
그 모습을 바라보며 만두를 우물거리던 독고천이 혀를 찼다.
"내총관 말대로 비마대주를 바꾸긴 해야겠군. 좀 똑똑한 놈으로."

 만두를 우물거리던 독고천이 내려놓았던 검집을 허리춤에 주섬주섬 찼다.

 "점소이."

 묵묵부답.

 "거기 숨어 있는 거 알고 있으니 순순히 나오는 게 좋을 거야."

 그러자 기둥 뒤에서 점소이가 모습을 드러냈다. 겁먹는 표정을 보여 줬던 아까와는 달리, 매우 차가운 표정을 짓고 있었다.

 마치 다른 사람 같았다.

 "취상(醉象)을 취하고도 쓰러지지 않다니?"

 점소이가 놀란 듯 독고천을 바라보았다.

 취상은 코끼리도 취하게 한다는 몽혼약의 일종이었는데, 새끼손톱만 한 양이 황금 한 냥이나 될 정도로 미친 가격을 자랑했다.

 점소이의 반응에 아랑곳하지 않은 채 독고천이 여유로운 표정을 지으며 목을 벅벅 긁었다.

 "간이 크군."

 독고천의 무덤덤한 반응에 점소이의 눈동자가 흔들렸다.

 처음에 들어온 사내와 여인이 마기를 풍길 때는 그야말로 기겁했다.

자신들이 감당할 수 없는 엄청난 고수였기 때문에 포기하려 했다.

그러나 사내와 여인이 어느 순간 모습을 감추었고, 만만해 보이는 녀석 둘만 남았을 때는 하늘이 돕는다고 생각했다.

독고천이 젓가락으로 만두를 집어 들고 킁킁 냄새를 맡았다.

냄새를 맡던 독고천이 고개를 주억거렸다.

"취상이라니, 이름 한 번 잘 지었군."

그리고 만두를 입에 넣고는 맛있게 우물거리다가 꿀꺽 삼켰다.

그 모습에 점소이의 눈동자가 한층 더 흔들렸다.

순간, 어디서 나타났는지 모를 거한 두 명이 모습을 드러냈다.

상의를 벗고 있어 우락부락한 근육들이 살아 움직이는 듯 꿈틀거렸다.

"겁도 없구나. 어떤 사술을 부렸는지 모르겠지만, 조용히 기절하지 않은 것을 후회하게 될 것이다."

"누구냐?"

독고천이 심드렁하게 묻자 거한 두 명이 울컥하며 소리치듯 말했다.

"우리는 감숙쌍웅(甘肅雙熊)이다!"

요 근래 감숙에 외공의 고수가 나타났다는 소문이 왕왕 퍼졌다.

맨손으로 바위를 부수고 철을 찢는다는 괴력의 고수들에 대한 소문이었는데, 곰과도 같이 거대한 체구를 지닌 형제였기 때문에 그들을 감숙쌍웅이라 불렀다.

감숙쌍웅이라는 말에도 불구하고 독고천은 여전히 무심한 표정을 지을 뿐이었다.

순간, 감숙쌍웅이 점소이를 바라보았다.

그러자 점소이가 전음을 날렸다.

[마교 놈들이야. 감숙 분타에서 나온 놈들인 것 같아.]

감숙쌍웅이 알았다는 듯 고개를 주억거렸다.

"마교 놈이로구나!"

감숙쌍웅 중 형인 진두가 외치듯 말하자 독고천이 어깨를 으쓱였다.

"천마신교 소속임을 아는데도 나에게 시비를 거는 것이냐?"

그러자 진두가 미친 듯이 웃기 시작했다.

"하하하하, 정말 웃긴 놈이군! 그깟 마교 놈들이 얼마나 대단하다고 벌벌 떠느냔 말이다!"

"하하! 맞습니다, 형님! 마교 놈들이 뭐가 무섭다고 말이지요! 잔말 말고 돈이나 내놓고 얼른 썩 꺼지거라!"

동생 진오가 동의하며 킬킬거렸.

순간, 독고천의 눈이 싸늘해졌다.

"본 교의 위명이 땅에 떨어졌군."

그러자 감숙쌍웅이 벌벌 떠는 척하며 이죽거렸다.

"아이고, 무서워라."

"잔말 말고 돈이나 내놓고 꺼……."

쿠웅!

진오가 말을 채 끝내기도 전에 뒤로 널브러졌다.

갑작스런 상황에 진두가 놀라며 진오를 살펴보았다.

진오의 눈은 부릅떠진 채 목에는 젓가락이 박혀 있었다.

"이, 이놈이 감히……."

순간, 젓가락이 진두의 머리를 관통했다.

"컥!"

외마디 비명을 토해 낸 진두가 힘없이 진오 위에 엎어졌다.

그 모습에 점소이가 마른침을 꿀꺽 삼켰다.

침 넘어가는 소리가 널리 퍼질 정도로 객잔 안은 고요했다.

"해약."

독고천이 입을 달싹이자 점소이가 몸을 벌벌 떨면서 정신을 잃은 천선우에게 해약을 먹였다.

그러자 얼마 지나지 않아 천선우가 정신을 차리며 고개를 흔들었다.

"으, 여긴 어디지?"

천선우는 기억을 떠올리고는 창피함으로 얼굴이 붉어졌다.

벌벌 떨고 있는 점소이에게 독고천이 물었다.

"어디 소속이냐?"

"소속은 없다."

그러자 독고천의 눈이 차갑게 가라앉았다.

"흑천교(黑天敎)."

"그, 그걸 어떻게?"

점소이가 놀라며 외치듯 묻다가 자신의 실수를 깨닫고는 입을 다물었다.

흑천교의 고수들은 팔목에 검은 팔찌를 끼고 다녔다.

흑천교임을 뜻하는 신물이었는데, 점소이의 팔목에 얼핏 팔찌 같은 것이 보였던 것이다.

그렇기에 미끼를 던져 본 것인데, 점소이는 덥석 물고 말았다.

독고천의 눈이 한층 싸늘해졌다.

"흑천교 놈들의 교육이 엉망이군. 감히 우리가 천마신교 소속임을 알면서도 이런 간 큰 짓거리를 행할 줄이야. 흑천교와는 예전에 은원이 있었으니 마침 잘되었군."

점소이는 무언가 잘못되어 가는 것을 느끼고, 몸이 사시나무마냥 떨기 시작했다.

어느새 독고천의 몸에서 붉은 마기가 넘실거리고 있었다. 그것도 점소이가 아까 보았던 사내와는 차원이 다를 정도로 엄청난 마기였다.

다리가 후들거리고, 계속 무언가에 짓눌리는 기분이 들었다.

속이 메스꺼웠고 가슴이 답답해져 왔다.

결국 참지 못한 점소이가 속을 게워 냈다.

"우웩."

그런 뒤, 바닥에 철푸덕 주저앉는 점소이였다.

"흑천교 총타가 어디냐?"

독고천이 싸늘하게 묻자 점소이가 고개를 내저었다. 그러자 붉은 마기가 점소이를 재차 휘감았다.

"크흑."

좀 전과 달리 점소이가 이번에는 피를 토했다.

"어디냐?"

점소이는 순간 고민했다.

그러나 이 사내가 아무리 강하다 할지라도 총타에는 많은 고수들이 있었다.

그리고 총타의 위치는 그다지 비밀에 싸여 있지도 않았다.

오히려 자신들이 놓친 이 사내를 총타에서 아주 처참히 죽여 줄 것이란 생각이 들었다.

점소이가 피를 흘리며 힘겹게 말했다.
"……내몽고(內蒙古)에 있다."
그 말에 독고천이 뒤를 돌아보며 천선우를 불렀다.
"비마대주."
"옛!"
비틀거리던 천선우가 중심을 잡으며 몸을 일으켰다.
독고천이 차갑게 말했다.
"흑천교로 간다."
순간, 독고천의 신형이 객잔 밖으로 쏘아져 나가자 천선우가 급히 뒤를 쫓았다.
그들이 사라진 객잔 입구를 바라보던 점소이가 힘겹게 미소를 지으며 이죽거렸다.
"네가 아무리 고수라 할지라도 총타의 고수들에게는 안 될 것이다. 위치를 알려 준다고 진짜로 총타로 가다니. 그 야말로 미친……."
순간, 객잔 입구로부터 젓가락이 날아왔다.
퍽!
젓가락은 거칠 것이 없다는 듯 점소이의 이마를 꿰뚫었다.
점소이는 고개를 떨어뜨리며 숨을 거두었다.
아무도 남지 않은 객잔에는 피비린내만이 진동할 뿐이었다.

*   *   *

 광활한 사막에 모래바람이 휘날렸다.
 "다 와 갑니다, 교주님."
 천선우가 지도를 훑어보며 말하자 독고천이 고개를 끄덕였다.
 천선우가 말을 이어 나갔다.
 "……그래서 실종되셨을 때 제가 흑천교에 대해서 조사를 했습니다. 총타의 위치는 내몽고 개로(開魯)입니다. 당시 흑천교는 혈교로부터 분리된 지 얼마 되지 않아 고수들이 부족했답니다. 그래서 단기간에 고수로 만들어 줄 수 있는 영약이나 비급들을 많이 훔쳤는데, 인형설삼 건도 그 이유 때문에 습격했던 것 같습니다."
 "거기서부터 은원이 시작되었군."
 독고천은 휘날리는 모래바람을 쳐다보더니 중얼거리며 고개를 주억거렸다.
 저 멀리 흐릿하게 거대한 전각이 보이기 시작했다.
 그 모습에 천선우가 지도를 훑었다.
 "저기가 흑천교가 맞는 것 같습니다. 혈교에서 분리된 후 예전 내몽고에 있던 문파의 본거지를 점령해서 총타로 세웠다고 들었습니다. 그리고 정확히 위치가 일치합니다."

"흑천교의 고수는 어느 정도 되지?"

독고천의 물음에 천선우가 행낭에서 무언가를 뒤적이더니 서류를 꺼내 들었다.

"우선 흑천교의 전 교주, 흑천왕(黑天王) 곽치돈이 있습니다. 혈교 내전을 일으켰던 장본인입니다. 나이가 매우 많고 노쇠했기 때문에 은퇴했다고 들었습니다. 그자를 제외하고는 그리 뛰어난 고수는 없습니다. 아무래도 혈교에서 쫓겨나듯 분리된 것이니 말입니다. 그러다 보니 고수들도 없고 기반도 부족해서 거의 무너지고 있다고 볼 수 있습니다."

그런데 무언가 이상했다.

흑천교와 가까워질수록 전각이 불타오르고 있는 것이 보였다.

거대한 대문은 박살 나 있었으며, 현판은 두 동강난 채 바닥에 나동그라져 있었다.

독고천의 신형이 앞으로 쏘아져 나갔다.

주위를 두리번거리며 당황해하던 천선우도 그 뒤를 바짝 쫓았다.

흑천교 안은 처참했다.

시체들이 즐비했고, 피비린내가 연신 풍겨 왔으며, 매캐한 연기가 교내를 뒤덮고 있었다.

전각들은 화염에 불타오르며 재를 휘날렸다.

"으으."

어디선가 신음 소리가 들려오자 독고천이 신형을 날렸다. 그곳에는 팔다리가 잘리고 복부가 꿰뚫린 흑의사내가 누워 있었는데, 겨우 숨이 붙은 듯 위태해 보였다.

"누가 이랬나?"

독고천의 질문에 흑의사내가 고통스런 표정을 지으며 힘겹게 눈을 떴다.

그리고 바짝 마른 입술을 천천히 열었다.

"……마, 마동진. 쾌, 쾌잔낭왕 마동진."

"왜 이랬나?"

"우, 우리가 가지고 있는 영약 때문에……."

그 말을 끝으로 생을 다한 흑의사내는 숨을 거두었다.

독고천이 몸을 일으켰다. 왠지 모를 무거운 분위기에 천선우가 조심스럽게 독고천을 살펴보았다.

독고천의 표정은 무덤덤했으나 시선은 어딘가를 향하고 있었다.

잠시 먼 곳을 바라보던 독고천이 입을 열었다.

"가던 길 가자."

"존명."

소림이 있는 하남으로 다시 발걸음을 돌리던 독고천이 살짝 뒤를 돌아보았다.

전각을 불태우며 흘러나오는 연기가 하늘을 가득 메웠다.
'마동진······.'
왠지 모를 악연의 끈이 보이는 듯했다.

*　　*　　*

시장통마냥 북적이는 사람들의 웅성거림.
한쪽에는 가판대처럼 세워진 탁자 앞으로 많은 사람들이 줄을 서 있었다.
그리고 그 앞에는 이마에 계인을 박은 승려들이 앉아서 무언가를 써 내려가고 있었다.
"어디서 오셨습니까?"
승려의 물음에 앞에 있던 청의사내가 품 안에서 서신을 꺼내 건네며 말했다.
"천마신교에서 왔소."
순간, 서류를 끼적이던 승려가 놀란 눈으로 멍하니 청의사내를 쳐다보았다.
"지금 천마신교에서 왔다고 하셨습니까?"
"그렇소."
승려가 놀란 가슴을 진정시키고 서류에 천마신교라는 이름을 적어 넣었다.
"어떤 분들이 오셨는지 성함을 여쭈어도 되겠습니까?"

승려의 물음에 청의사내가 고개를 끄덕이며 답했다.

"한 분의 성함은 독고천이고, 본인은 천선우라 하오."

승려가 이름을 중얼거리며 서류에 적어 넣었다. 그러고는 고개를 갸웃거리며 천마신교의 고수들 이름을 떠올려 보았지만, 독고천이나 천선우라는 이름을 가진 고수는 떠오르지 않았다.

또한 천선우의 몸에서도 마인의 상징인 마기가 흘러나오지 않았다.

그렇기에 승려는 자기 나름대로 생각할 수밖에 없었다.

'하긴 소림은 정파의 태산북두라 할 수 있는 곳이니 천마신교 측에서도 마기를 풍기는 고수를 보낼 수는 없었겠지. 천마신교 측 고수를 싫어하는 정파의 고수들이 매우 많으니 괜한 시비가 붙을 수도 있으니…… 또 어찌 보면 강호 화합 회의에 관심이 없다는 것을 이렇게 표현하는 것일 수도 있겠군.'

서류를 끼적이던 승려가 종이 위에 글을 적어 넣었다.

천마신교 이(二). 하객당(下客堂).

금번 강호 화합 회의와 강호무림제일대회를 주최하는 소림 측에서는 많은 방문객들을 예상하고 아예 본사 자체를 열어젖혔다.

그만큼 많은 방문객들이 찾아들었고, 무림 명숙들도 상당수 있었으니 그들의 위명에 맞는 대접을 해야 했다.

 그러다 보니 방문객들마다 내주는 객실이 달랐다.

 객당을 상중하로 나누어 상객당은 명문문파의 무림 명숙들에게 내주었고, 중객당은 어느 정도 위명을 떨치고 있는 고수들에게 내주었다.

 하객당은 그저 그렇거나 아무것도 아닌, 그러나 대회에 참석하러 온 이들에게 내주었다.

 승려가 천선우에게 명패를 하나 건네주었다.

 명패에는 하객당 이십오(二十五)라고 음각이 파여 있었다.

 "저 위쪽으로 가시면 동자승이 한 명 있을 겁니다. 그 녀석에게 안내를 받으시면 됩니다. 그럼."

 승려가 정중히 고개를 숙이고는 다음 방문객에게 시선을 돌렸다.

 천선우가 명패를 품속에 갈무리하고 줄에서 벗어났다.

 한편, 독고천은 팔짱을 낀 채 소림을 둘러보고 있었다. 그러던 도중 다가오는 천선우를 발견하고, 한곳을 가리켰다.

 "저곳이 보이느냐?"

 천선우는 독고천이 손가락으로 가리킨 곳을 한번 훑어보더니 고개를 끄덕이며 답했다.

강호무림(江湖武林) 47

"예, 보입니다."

"나중에 소림을 치게 되면 저쪽으로 담을 타고 넘어가면 될 듯하군."

독고천이 연신 소림을 훑으며 중얼거리듯 말하자 천선우가 혀를 찼다.

'정말 뼛속까지 마인이군.'

그 누가 소림과 붙을 생각을 이렇게 함부로 할 수 있을까.

강호무림의 태산북두이며, 정파의 기둥이자 무림 최고의 고수들이 즐비한 소림사를 바로 코앞에 두고 말이다.

천선우는 내심 독고천의 간 큰 생각에 감탄할 수밖에 없었다.

독고천과 천선우는 동자승의 안내를 따라 숙소로 이동했다.

안내를 마친 동자승은 정중히 목례를 올리고는 종종 걸음으로 멀어져 갔다.

숙소는 비록 오래되어 낡았지만, 소림답게 고풍스러운 맛이 있었다.

독고천은 침대에 앉아 가부좌를 틀고는 눈을 감았다. 그 모습에 천선우가 혀를 찼다.

'여기까지 와서 운공이라니……'

그러나 그렇게 해 왔기에 지금의 독고천이 있는 것이었다. 괜스레 천선우의 뺨이 붉어졌다.

 어느 순간부터 독고천과의 거리가 확 멀어졌다. 같이 악마대에 차출되어 교육을 받을 때만 해도 손을 뻗으면 잡힐 듯 보였다.

 그리고 한때 독고천이 실종되고, 비마부대주가 되었을 때는 기쁨을 느꼈다.

 그러나 지금은 어떤가.

 한 명은 비마대주였고, 다른 한 명은 교주라는 지고한 신분이었다.

 예전부터 독고천은 천선우에게 자극이 되는 존재였다.

 하지만 독고천이 교주가 된 이후부터 천선우는 그에게서 멀어지려고만 애썼다.

 차이가 벌어진 그 사실을 인정하고 싶지 않았기 때문인지도 몰랐다.

 천선우는 자신의 손을 내려다보았다.

 무공에 힘쓰고 땀을 흘리며 웃음 짓던 과거가 문뜩 그리웠다.

 하루하루 수련하고도 모자라게 느껴져 잠까지 줄이고 끼니도 거르던 때가 있었다.

 한데 만날 불평만 하고 투정만 부리는 자기 자신이 갑자기 부끄러워졌다.

언제부터 자신이 이렇게 변했을까.

무언가 결심을 내린 듯 천선우도 침대에 앉더니 가부좌를 틀었다.

그리고 오랜만에 바닷속처럼 깊고 깊은 운공에 빠져들었다.

第二章
화합회의(和合會議)

다음 날, 꼭두새벽이 되자 동자승이 숙소로 찾아왔다.
"실례들 하겠습니다."
동자승의 말에 독고천과 천선우가 동시에 눈을 떴다.
동자승이 빙긋 미소를 지었다.
"본래 강호 화합 회의 때문에 오셨다고 알고 있습니다. 그런데 예정이 바뀌어 강호무림제일대회를 먼저 치르고 난 후에 강호 화합 회의를 한다고 합니다."
동자승의 말에 천선우가 몸을 일으켜 기지개를 켜더니 물었다.
"그럼 언제까지 강호무림제일대회가 열리는지 알 수 있겠소?"

"대략 이 주야 정도가 걸릴 듯 예상됩니다."

"알려 주어 고맙소."

동자승은 빙긋 웃어 보이고는 목례를 하고 다음 방으로 건너갔다.

오랜만의 깊고 깊었던 연공이었는지라 천선우의 기분은 한껏 상쾌해져 있었다.

'그래, 이게 운공의 맛이지.'

괜스레 천선우의 입가에 미소가 맺혔다.

독고천도 침대에서 몸을 일으키고는 식어 있는 차를 홀짝였다.

"이 주야 동안 할 것도 없는데, 강호 머시기 대회나 구경하도록 하지."

"예. 지금 나가시겠습니까?"

갑자기 달라진 천선우의 태도에 잠시 독고천이 고개를 갸웃거렸지만, 크게 개의치 않았다.

"그러지."

독고천과 천선우는 의복을 차려입고 밖으로 나섰다.

맑은 새벽 공기가 그들의 기분을 한층 상쾌하게 해 주었다.

"흠, 나중에 소림을 칠 때 새벽에 공격하는 게 좋겠군. 이렇게 좋은 새벽공기를 마시며 공격한다면 한층 신이 날 것이 아닌가."

독고천의 중얼거림에 천선우가 동의한다는 듯 고개를 주억거렸다.

"예. 아무래도 본 교의 소망은 중원 일통 아니겠습니까."

"그건 본 교뿐만 아니라 소림도 꿈꾸고 있을 거야. 사실 모든 문파들의 소망이 중원 일통이란 것이지. 다만, 너무나도 허황되어 꿈만 꾸고 밖으로 내뱉지 않을 뿐이지."

강호무림제일대회를 준비하고 있는지 승려들은 연신 분주하게 움직이고 있었다.

방문객들도 하나둘씩 깨어났는지 소림은 다시 시장통처럼 시끌벅적거리기 시작했다.

대회 준비는 해가 중천에 떠오르고서야 마침내 끝이 났다.

강호무림제일대회는 매우 성대하게 시작되었다.

무술대회를 위한 연무장의 크기도 매우 거대했다.

자그마치 가로세로로 십 장 정도는 될 정도였다.

소림의 방장, 소림권황(少林拳皇) 혜연이 커다란 연무장 중심으로 걸어 나왔다.

그는 승복을 휘날리며 걸어 나왔는데, 동안(童顔)의 얼굴을 가지고 있어 무언가 미묘한 분위기가 풍겼다.

권법의 고수인 혜연은 절정무공을 익힌 승려들만이 뽑힌다는 십팔나한(十八羅漢)에 들고 최연소의 나이로 방장에

오른 최고의 기재였다.

특히 그의 주먹에서 뿜어져 나오는 백보신권(百步神拳)은 너무나도 강력하여 버틸 재간이 없다고 알려졌다.

백보신권은 소림사의 칠십이종무예 중 상승권법이었는데, 백 보 밖에 있는 바위조차 부술 수 있다 하여 그런 이름을 얻게 되었다.

"이곳에 오신 강호 동도 여러분께 먼저 감사의 말씀을 올립니다."

혜연의 묵직한 내력이 담긴 목소리가 경내에 널리 울려퍼졌다.

그러자 세인들의 환호성이 울렸다.

"우와아아!"

"소림의 방장이다!"

"소림권황!"

"강호팔대고수다! 처음 봤어!"

세인들의 반응을 즐기기라도 하는 듯 혜연이 잠시 입을 다물었다.

세인들의 환호성이 서서히 잦아들자 혜연이 다시 입을 열었다.

"소승은 소림의 방장, 혜연이라 합니다. 본사에서 강호무림제일대회를 주최하게 되어 영광이라 생각합니다. 대회에 대한 자세한 규칙은 본사의 제자들에게 이미 들으셨을 거라 믿습니다. 오늘부로 강호의 화합을 위한 무술대회, 강호무림제일대회를 시작하겠습니다."

혜연이 승복을 펄럭이며 연무장에서 내려가자 세인들의 환호성이 더욱 커졌다.

강호무림제일대회는 참가자가 삼백여 명이 넘어갈 정도로 거대한 대회였다.

예선에서 이미 천여 명이 넘는 지원자들이 떨어지고, 본선에 삼백여 명이 올라온 것이니 엄청난 규모였다.

이후 벌어진 무림대회를 지켜보던 독고천이 손으로 목을 긁으며 한숨을 내쉬었다.

"예전부터 강호팔대고수라는 위명을 항상 듣고 살아왔지. 정파에게 짓눌린 채 본 교가 살아왔단 말이야."

무슨 소리냐는 듯 천선우가 독고천을 바라보고 있었다.

독고천이 말을 이어 나갔다.

"본 교의 고수들을 비롯하여 사파의 고수들은 절대오마라 하며 강호에서 멀어진 듯한 명호를 심어 주었지. 그에 비해 정파의 고수들에게는 강호를 대표한다는 뜻으로 강호팔대고수라는 명호를 집어넣어 주었단 말이지."

그제야 천선우가 독고천의 말을 이해했다는 듯 고개를 주억거렸다.

"내가 여길 직접 오기로 마음먹은 이유는, 말로만 들어오던 정파가 얼마나 대단한지 직접 확인하기 위해서야. 정말 의와 협을 지닌 협객(俠客)들인지, 아니며 위선의 덩어리들인지 말이야. 서류로 보는 것과는 다른 진짜배기를 말이지."

"그러십니까?"

천선우의 되물음에 독고천이 고개를 끄덕였다.

"굳이 따지자면 본 교는 나쁜 놈들의 집합소지. 그건 나도 알아. 우리가 원하는 것을 힘으로 빼앗으니까. 그런데 정파들은 어떻게 자기들이 원하는 것을 얻었을까, 그게 궁금한 거야."

독고천의 말에 천선우가 잠시 머뭇거렸다.

간단한 듯하면서 대답하기 까다로운 미묘한 질문이었던 탓이다.

그러자 독고천이 씨익 웃었다.

"강호 화합 머시기에서 그걸 알 수 있겠지."

그러고는 시합이 펼쳐지는 무대로 시선을 돌리는 독고천을 천선우가 멍하니 쳐다보았다.

왠지 모를 믿음직한 모습에 천선우는 저도 모르게 고개를 주억거렸다.

'이자라면 중원 일통이 꿈은 아닐지도······.'

시합에서는 뛰어난 후기지수들이 실력을 뽐내며 그들의 본 실력을 유감없이 발휘하였다.

검객부터 시작하여 채찍을 쓰는 무림인도 있었고, 별의

별 병장기가 눈에 띄었다.
 그러나 아무래도 친선의 성격이 짙다 보니 모두들 조심스럽게 대결을 펼쳐 부상자들은 드물었다.
 그렇게 이 주야가 흘러 마침내 결승전이 펼쳐졌다.

 결승에서는 무당의 검객과 소림의 승려가 붙게 되었다.
 검객과 승려는 정중히 포권을 한 뒤, 곧바로 서로 달려들었다.
 검객의 검이 승려의 목을 당장에라도 베어 버릴 것만 같았다.
 그러자 승려의 몸이 갑자기 솟구치며 검객의 머리 위를 뛰어넘었다.
 순간, 검객이 몸을 낮추며 검을 휘둘렀고, 승려의 승복이 얕게 잘렸다.
 승려가 잘린 승복을 내려다보더니 씨익, 웃었다.
 "놀라운 솜씨요, 시주."
 그러자 검객이 어깨를 으쓱였다.
 "그쪽이야말로."
 말이 끝나는 것과 동시에 두 사람이 다시금 서로에게 달려들었다. 승려의 주먹에서는 금빛 줄기가 흘러나왔고, 검객의 검에서는 푸른빛이 흘러나왔다.
 쾅!

두 기운이 마주치자 굉음 소리가 울려 퍼졌다.

먼지가 자욱하게 피어올랐지만, 둘의 격돌은 더욱 강렬해졌다.

승려의 피부에 혈선이 그려지고, 검객의 몸에 멍이 들기 시작했다.

엄청난 광경에 연무장 밖의 세인들은 멍하니 그들의 결전을 바라볼 수밖에 없었다.

말 그대로 경천동지할 대결이었다.

그런데 그때, 승려의 주먹이 검객의 복부에 꽂혔다. 검객이 피를 토하자 승려의 오른발이 이번에는 검객의 어깨를 내리찍었다.

검객이 무릎을 꿇자 승려가 곧바로 주먹으로 검객의 얼굴을 올려쳤다.

바로 그 순간, 검객이 슬쩍 고개를 돌려 피하더니, 검으로 승려의 목을 찔러 갔다.

공격을 피할 수 없음을 깨닫고 승려가 눈을 질끈 감았다.

그러나 아무런 공격도 느껴지지 않자 승려가 조심스레 눈을 떴다.

어느새 눈앞의 검객이 검을 집어넣은 채 씨익 웃고 있었다.

승려가 씁쓸한 미소를 지으며 합장했다.

"내가 졌소."

강호무림제일대회의 우승자는 무당의 정인 도장이었다.

중소 문파들은 자신들의 문파의 운명을 바꿀 수 있는 기회를 놓쳐 쓴 입맛을 다셔야 했다.

결국 강호는 구파일방 중심으로 돌아가고 있었고, 중소 문파들의 힘은 미약하기만 했다.

"정인 도장, 축하하오."

혜연이 직접 우승자에게 명검과 소환단을 지급하는 것으로 강호무림제일대회는 끝이 났다.

소림은 대환단(大丸團)이라는 희대의 영약을 가지고 있었다. 무인이 대환단을 섭취하면 내공의 증진은 물론, 막대한 내공을 얻게 되고, 일반인의 경우 만수무강한다고 알려져 왔다.

소환단은 그런 대환단보다는 약간 격이 떨어지지만, 그래도 대단한 영약임에는 분명했다.

강호무림제일대회가 그렇게 끝나고, 마침내 강호의 화합을 다지기 위한 강호 화합 회의가 열렸다.

*   *   *

방문객들을 접대하는 지객당(知客堂)의 분위기는 어수선하면서 조용했다.

"소림의 혜연입니다."

혜연이 합장을 하며 주위를 훑어보았다.

하나같이 쟁쟁한 문파의 대표들이 지객당에 몰려 있었다.

그러자 혜연이 만족한 미소를 지었다.

이렇게 강호에 영향력이 있는 문파들이 모였다는 것은 강호의 화합에 관심이 있음을 뜻했기 때문이다.

강호의 평화는 소림의 영원한 소망이기도 했다.

혜연 방장이 자신을 소개하자 다른 문파들의 대표들도 자신을 소개하기 시작했다.

"무당의 청산이오."

푸른 청의를 입은 도사가 고개를 까닥였다.

무당제일검(武當第一劍)이란 칭호를 받은 태극검제(太極劍帝) 청산.

그는 검의 성지, 무당을 대표하는 검객이었다. 청산의 태극혜검(太極慧劍)은 극성에 이르러 태극을 그리면 이길 자가 없다고 전해질 정도였다.

또한 독특한 점이 있었는데, 청산은 진정한 의미에서 검객이라 할 수 있었다.

검을 쥐면 날고 기지만, 검이 없으면 조그마한 돌멩이 하나조차 박살 내지 못할 만큼 검에 미친 무인이었다.

혜연 말고 또 다른 강호팔대고수가 모습을 드러내자 지객당이 웅성거렸다.

그도 그럴 것이, 문파를 대표하는 절정고수가 직접 어디론가 대표자로 가는 경우는 드물었다.

아무래도 최고의 고수가 문파에 남아 있는 것이 안정적이기 때문이다.

그렇기에 청산이 참석했다는 것은 무당 측에서 강호 화합 회의를 중요하게 생각하고 있다는 말이기도 했다.

혜연의 표정이 한층 밝아졌다.

"무당제일검을 뵙게 되어 영광입니다."

"별말씀을."

청산이 살짝 미소를 지었다.

그러자 옆에 있던 붉은 매화 모양이 그려져 있는 의복을 입은 도사가 연이어 목례를 했다.

"화산의 태전운입니다."

또다시 지객당 안이 술렁였다.

매화검수(梅花劍手) 태전운!

화산은 제자 중에서 가장 총명하고 무공이 강한 자를 매화검수로 내세웠는데, 역대 매화검수 중 가장 뛰어나다는 평가를 받고 있는 이가 바로 태전운이었다.

여태껏 매화검수의 대부분이 나중에 장문인으로 등극했기 때문에 화산의 차기 장문인이라고 볼 수도 있었다.

혜연의 표정은 더 이상 밝아질 수 없을 정도로 해맑아졌다.

"화산의 미래를 뵙게 되다니, 정말 영광입니다."

"저야말로 혜연 방장님을 뵙게 되어 영광이라 생각합니다."

젊은 태전운이 정중히 답하자 중년 고수들의 표정이 매우 밝아졌다.

보통 뛰어난 후기지수들의 단점은 건방지다는 것이었다.

아무래도 어린 나이부터 자신이 뛰어나다는 것을 알게 되다 보니, 자만심이 형성되는 천재들이 매우 많았다.

그런데 태전운은 그런 세간의 관점과 달리 정중히 답했던 것이다.

화산과 무당을 제외한 다른 문파들에서는 장로 급 아래로 대표를 보내왔다.

하지만 그 정도로도 충분했다.

오히려 화산과 무당에서 너무나 뛰어난 고수를 보내온 면이 없잖아 있었다.

마지막으로 구석 자리에 팔짱을 낀 채 앉아 있는 흑의사내의 차례가 되었다.

지객당 내의 모든 시선이 그곳으로 쏠렸다.

흑의사내가 무심히 말했다.

"천마신교의 독고천이오."

천마신교라는 말에 지객당이 순간 싸늘해졌다. 아무래도 많은 문파들이 천마신교의 침략을 당했으며, 털리지 않은 곳이 없을 정도였다.

화산과 무당마저도 털려 본 적이 있으니 더 이상 무슨 말이 필요할까.

그러나 혜연은 여전히 변치 않은 표정으로 미소를 지어 보였다.

"처음 들어 보는 이름이지만, 천마신교를 대표하신다는 것을 보니 대단한 직위를 가지고 계신 듯합니다. 실례가 되지 않는다면 여쭈어도 되겠습니까?"

아무래도 천마신교에 대해서는 정보가 부족했다.

매우 폐쇄적인 분위기 탓에 알고 있는 사실이 별로 없기 때문이었다.

그리고 좀처럼 천마신교의 고수들이 모습을 드러내지 않으니 생기는 문제였다.

독고천은 지금 적당한 수준의 마기만을 흘려 내고 있었다.

아무래도 천마신교에서 왔으니 마기를 풍겨야 했고, 적당히 풍기라는 내총관의 부탁이 있어 알아서 조절한 것이었다.

"그냥 서류에 관련된 일을 맡고 있소."

틀린 말은 아니었다.

천마신교의 모든 서류는 교주의 인장을 받아야 하니까 말이다.

독고천의 대답에 혜연을 비롯한 지객당의 방문객들이 각자 생각에 잠겼다.

'적당한 마기를 보니 군사(軍師) 혹은 정보 조직의 직위를 맡고 있는 자인 것 같군.'

잠시간의 시간이 흐르자 혜연이 침묵을 깼다.

"대표자분들에게 강호의 화합을 위한 방법을 여쭙고 싶습니다. 좋은 의견을 가지신 분 있으십니까?"

화산의 태전운이 손을 들어 보이자 혜연이 고개를 끄덕였다.

"예, 말씀하시면 됩니다."

"강호의 평화는 오랜 시간 지속되고 있습니다. 백여 년 전 벌어진 정사대전 후로는 평화가 지속되고 있지요. 저는 우선 이 평화를 계속 지속하는 것이 중요하다고 생각합니다."

"오, 어떻게 말씀이신지요?"

혜연의 물음에 태전운이 미소를 지었다.

"아무래도 강호무림은 정파와 사파라는 두 가지 갈래로 나뉜 채 투닥거리는 것이 일상화되어 있습니다. 그걸 자제하면 강호무림의 평화는 앞으로도 일백 년 이상 지속될 수 있을 거라 생각합니다."

구체적인 방법은 제시하지 않고 현실성 없는 허황된 얘기만 흘러나오자 지객당의 인원들이 헛기침을 했다.

그러나 상대는 화산의 대표.

그 누구도 쉽사리 그의 말에 토를 달 수 없었다.

그러나 독고천은 달랐다.

"아니, 그러니까 방법을 말하란 말이지. 계속 허황되고 현실성 없는 발언만 하고 있으니. 원."

독고천의 중얼거리는 듯한 말에 지객당의 인원들의 막힌

속이 뚫린 듯 시원해졌다.

하지만 그것을 겉으로 표출할 수는 없었다.

독고천의 말에 태전운의 안색이 붉어졌다.

매화검수라 하지만 아직 젊고 혈기왕성한 나이였다.

또한 화산과 천마신교의 관계는 최악이라 볼 수 있었기에 맞받아치는 태전운의 말에는 가시가 돋쳐 있었다.

"현실성 있는 발언 말씀이십니까? 귀 교에서 싸움만 걸어오지 않으면 됩니다."

순간, 지객당의 대표들이 멍한 표정으로 태전운을 바라보았다.

물론 독고천의 발언이 건방지긴 했지만, 틀린 말은 아니었다.

방법은 제시하지 않은 채 계속 뜬구름만 잡았으니 말이다.

그러나 태전운의 말은 매우 위험하면서도 도를 넘은 발언이었다.

그러자 독고천이 미소를 지었다.

"본 교가 싸움을 걸지 않았으면 화산이 죽어라 수련하면서 그렇게 성장할 수 있었을 것 같나? 이미 진즉 종남에게 밀렸겠지."

섬서에는 구파일방 중 종남(終南)과 화산이 자리 잡고 있었다.

아무래도 한곳에 두 마리의 호랑이가 있으니, 시비를 피하고 싶어도 다투게 되는 것은 인지상정이었다.

예전에는 화산이 뛰어났다.

하지만 요 근래 종남은 뛰어난 고수들을 많이 배출했고, 화산이 그 뒤를 쫓는 입장이 되었다.

그러니 독고천은 화산의 역린을 건드린 꼴이었다.

태전운은 흥분하여 씩씩거렸고, 종남의 대표로 왔던 옥기준은 어쩔 줄을 몰라 했다.

세인들에게는 화산이 종남보다 우세하다고 알려져 있지만, 실상은 그게 아니었다.

종남은 화산보다 강했고, 소림과 무당 다음으로 꼽히는 명문정파가 되어 있었다.

단지 예전부터 이름이 알려져 온 화산이 더 강할 것이라는 고정관념이 세인들의 뇌리에 박혀 있을 뿐이었다.

독고천이 말을 이어 나갔다.

"강호 화합 회의라는 곳에 저런 애송이를 보내다니, 화산은 정신이 있는 건지 없는 건지. 거참."

독고천의 한숨에 태전운의 얼굴이 붉어지다 못해 목까지 붉어졌다.

그러나 그는 명문정파의 제자였다.

인내심이 강했고, 혹독한 수련으로 인해 다듬어진 정신수양은 결코 헛되지 않았다.

태전운이 심호흡을 했다.

"제가 한 발언 때문에 기분이 상하셨나 봅니다. 사과의 말씀을 드리겠습니다."

태전운의 정중한 태도에 지객당의 대표들이 남몰래 탄성을 내질렀다.

역시 화산이었다.

그러자 독고천도 더 이상 따지기 귀찮았는지 고개를 끄덕였다.

끓어올랐던 분위기가 가라앉자 혜연이 다시 나섰다.

분명 태전운에게 주의를 줄 수 있었음에도 불구하고 가만히 지켜본 것으로 보아 그에게도 무언가 꿍꿍이가 없잖아 있는 것 같았다.

"다들 보셨습니까?"

난데없는 말에 지객당의 대표들이 고개를 갸웃거리며 혜연을 쳐다보았다.

그러자 혜연이 말을 이어 나갔다.

"다들 강호 화합의 방법을 눈앞에서 보셨지 않습니까? 서로 한 번만이라도 양보하면 됩니다. 그러면 싸움은 일어나지 않습니다."

순간, 지객당의 대표들이 탄성을 내질렀다.

그렇게 혜연은 조리있게 말을 이어 나갔고, 지객당의 대표들은 역시 소림이라는 말을 뇌리에 박은 채 고개를 주억거렸다.

그리고 한 시진이 지난 후, 강호 화합 회의 첫째 날의 일정이 끝이 났다.

모두들 자리를 떴지만 태전운과 독고천은 여전히 자리에 남아 있었다.

태전운이 벌떡 일어서더니, 독고천에게 다가갔다.

"사과하십시오."

독고천이 태전운을 올려다보았다.

그러자 태전운이 정중히, 그러나 절도있게 말을 꺼냈다.

"본인이 올바르지 못한 발언을 한 것에 대해서 사과를 했듯, 귀하도 본인에게 사과를 하십시오."

그러자 독고천이 씨익 웃었다.

"아까 방장 얘기 못 들었나? 한 번씩 양보하면 강호무림에 영원한 평화가 찾아올 것이라고."

그러자 태전운의 얼굴이 붉어졌다.

"본인은 화산의 대표로 온 것입니다. 귀하의 태도는 화산을 우롱하는 행위입니다."

태전운의 얼굴에서는 사문에 대한 자부심이 흘러나왔다. 그 모습에 독고천이 고개를 주억거렸다.

"협객은 맞는데 융통성이 부족하군. 그러나 왜 정파가 득세할 수 있었는지 알겠어. 다들 교육은 잘되어 있군."

독고천이 홀로 중얼거리자 태전운은 목까지 붉어졌다.

자신을 무시하는 듯한 태도에 울컥한 태전운은 저도 모

르게 검을 뽑아 들려 했다.

물론 위협용으로만 뽑을 생각이었다.

그러나 독고천이 검지로 태전운의 손등을 어느새 짓누르고 있었다.

검병을 잡은 태전운의 손이 부들부들 떨렸고, 얼굴은 터질 듯 붉어지고 있었다.

그때, 독고천이 검지를 뗐다.

태전운의 검병이 갑작스럽게 뽑히며 독고천의 머리를 내리찍으려 했다.

"헉!"

갑작스런 상황에 태전운이 급히 검의 궤도를 바꾸려 했지만, 이미 늦고 말았다.

태전운이 자신의 실수를 자책하며 눈을 질끈 감았다.

그런데 이상하게도 아무런 느낌이 들지 않았다.

눈을 살짝 뜬 태전운은 자신의 검을 내려다보고는 경악했다.

독고천의 검지와 중지 사이에 검날이 잡혀 있던 것이었다.

"검을 뽑을 때는 항상 조심해야 하는 것이네. 다음에 또 무작정 검을 뽑는다면 그때는 목이 남아나질 않을 거야. 그럼."

독고천은 그 말을 끝으로 자리에서 일어나 밖으로 나가버렸다.

홀로 남은 태전운은 독고천이 떠난 자리를 멍하니 바라

보고 있을 뿐이었다.

*　　*　　*

하남의 객잔은 연신 북적거렸다.

강호무림제일대회로 인해 객잔 내 손님들은 폭발적으로 증가했고, 객잔 주인들의 얼굴에는 함박꽃이 필 정도였다.

독고천과 천선우는 구석에 앉아 소면과 만두를 집어 먹고 있었다.

사람이 너무 많은지라 시끌벅적했다.

그러던 중 점소이가 독고천에게 다가왔다.

"저, 손님……."

만두를 우물거리던 독고천이 점소이를 올려다보았다.

그러자 점소이가 미안하다는 표정을 지으며 힘겹게 말해왔다.

"손님, 죄송하지만 객잔에 자리가 없어서 그런데 합석을 부탁해도 되겠습니까?"

독고천이 슬쩍 점소이의 뒤를 보았다.

거기에는 깔끔한 홍의를 차려입은 두 여인이 있었는데, 허리춤에 검을 차고 있었다.

"그러시오."

독고천이 고개를 끄덕이자 점소이가 활짝 웃으며 목례를

해 왔다.

"정말 감사드립니다. 자, 손님들, 여기 앉으시죠."

두 홍의여인이 독고천과 천선우의 맞은편에 앉았다.

각기 중년과 묘령의 나이인 듯한 두 여인은 척 보기에 사제지간 같았다.

순간, 묘령 여인의 입술이 꼼지락거렸다.

그러자 중년 여인이 고개를 내저으며 독고천에게 포권을 해 왔다.

"합석에 응해 주신 것에 대해 감사드립니다. 전 주연지라고 합니다. 이 아이는 제 제자, 설희란이라고 해요. 인사드려라."

"설희란이에요. 감사해요."

설희란이 포권을 해 보이자 독고천은 무심한 태도로 고개를 까닥였다.

그런 뒤 독고천과 천선우는 아무런 대화 없이 조용히 음식을 먹었다.

설희란은 입술을 뾰루퉁하게 내민 채 음식을 기다렸다.

강호에 나오면 멋진 사내들이 많을 줄 알았는데, 그러한 사내들은 눈을 씻고 찾아봐도 전혀 보이지 않던 것이다.

"사부님."

"왜 그러느냐?"

주연지가 고개를 끄덕이자 설희란이 궁금하다는 듯 한쪽

을 가리켰다.
"저자들은 왜 싸우는 거죠?"
주연지의 시선이 설희란의 손가락이 가리킨 곳으로 향했다.
아니나 다를까.
그곳에서는 사내들이 주먹다짐을 하며 싸우고 있었고, 객잔 내 손님들은 환호성을 지르며 부추기고 있었다.
그 모습에 주연지가 쓴웃음을 지었다.
"본래 강호는 그러한 곳이다."
"그게 무슨 소리예요?"
"강호란 사소한 시비로도 목숨이 갈리는, 그런 흉험한 곳이라 볼 수 있지. 세간에는 무정강호라는 말도 있지 않더냐."
주연지의 말에 설희란이 고개를 주억거렸다.
"강호란 참 무서운 곳이네요."
"그렇지. 그러니 자신의 몸 간수를 위해 더욱 수련에 박차를 가해야 하는 것이니라."
주연지의 설교에 설희란이 인상을 찌푸렸다.
"만날 그놈의 수련. 전 그냥 멋진 낭군을 만나서 시집이나 가고 싶단 말이에요."
"허어, 하지만 부모님께서 너를 나에게 맡기신 이상 쉽진 않을 거다. 그리고 누가 네 성격을 감당할 수나 있겠느냐."
주연지가 희미한 미소를 지으며 놀리자 설희란이 눈썹을 찌푸리며 투덜거렸다.

"예예. 어련하시겠어요, 사부님."

얼마 지나지 않아 주문한 음식이 나오자 두 여인은 이내 식사에 집중했다.

그사이 독고천과 천선우는 식사를 끝내고 탁자에 동전 몇 냥을 올려놓고는 객잔 밖으로 나가 버렸다.

두 사람의 뒷모습을 바라보던 설희란이 고개를 내저었다.

"정말 버르장머리없는 사람이네요."

"왜 그렇게 생각하느냐?"

"우리가 말을 걸었는데도 고개만 끄덕이고는 아무 말도 하지 않았잖아요. 척 보아하니 검을 차고 돌아다니는 낭인들 같은데."

설희란이 씩씩거리며 그들을 욕하자 주연지가 고개를 내저으며 엄격한 표정을 지었다.

"사람을 겉모습으로만 판단하면 아니 된다."

그러고는 갑자기 자신의 손을 펼쳤다.

"이것이 보이느냐?"

"예, 보여요."

설희란의 눈에는 주연지의 울퉁불퉁한 손바닥이 보였다.

주연지가 말을 이어 나갔다.

"검객들의 손은 대부분 이렇지. 그런데 우연히 아까 오른편에 앉아 있던 사내의 손을 보았는데……."

"보았는데요?"

다시금 긴장했던 순간이 떠오르는지 주연지가 마른침을 꿀꺽 삼켰다.

"……손금 자체가 없었다."

"네?"

설희란이 놀란 듯 되묻자 주연지가 고개를 끄덕이며 진중하게 말했다.

"손금이 닳아 없어질 정도로 극한의 검술을 익힌 자겠지."

사부의 말에 설희란이 혀를 찼다.

"에이, 설마 그 정도는 아니지 않을까요?"

하지만 주연지는 단호히 고개를 내저었다.

"아니, 그자는 분명 절정검객일 것이다."

"어찌 그렇게 확신하세요?"

설희란이 궁금하다는 듯 묻자 주연지가 마주 보며 자상하게 말을 했다.

"왼쪽에 앉아 있던 사내처럼 고강한 무공을 지닌 자를 수하로 지닐 정도면 알 수 있지 않겠느냐?"

"왼쪽 사내요? 아, 그 청의 입었던 사람 말이죠?"

"그래. 그의 기도 또한 범상치 않더구나. 그런데 그런 자가 수하일 정도라면 대단한 무공을 지닌 자겠지. 그의 무공을 꿰뚫어 보려 했지만, 아무것도 보이지 않더구나."

주연지의 말에 설희란이 이해가 가지 않는다는 듯 고개를 갸웃거렸다.

"그 사내가 수하라니요? 전 잘 모르겠는데요?"

그러자 주연지가 설희란의 머리를 콩, 하고 가볍게 때렸다. 그러자 설희란이 인상을 찌푸리며 혀를 내밀었다.

그 귀여운 모습에 주연지가 가볍게 미소 지었다.

"그자의 눈에는 마음에서 우러나오는 존경심이 흘러나왔고, 옆의 사내에 대해 연신 신경을 쓰더구나. 마치 호위하듯이 말이야. 그래서 알 수 있었다. 그것은 단지 상명하복의 관계가 아니라, 마음에서 우러나오는 존경으로 엮인 관계였지. 강한 무인에게서 그런 존경을 받기 위해선 오직 한 가지밖에 없단다. 그 무인보다 훨씬 강하다는 것. 그것이 바로 강한 무인으로부터 존경을 받기 위한 조건이지."

주연지의 말에 고개를 주억거리던 설희란이 그제야 이해했다는 듯 밝게 말을 꺼냈다.

"와, 많은 것을 배우네요. 역시 강호에 나오길 잘했어요."

"그래. 이번에 더욱 많은 것을 배워 가자꾸나."

흐뭇하게 미소를 짓던 주연지는 사내들이 나간 객잔 입구를 유심히 바라보며 차를 홀짝였다.

'그자의 정체가 대체 무엇이었을까……'

* * *

댕댕댕.

아닌 새벽에 홍두깨였다.

어둠을 밀어내는 종소리가 연신 소림에 울려 퍼졌다.

지객당의 방문객들을 비롯해 소림의 승려들이 모두 벌떡 일어났다.

비상이었다.

승려들은 급히 연무장으로 집합했고, 방문객들은 어리둥절해하며 승려들의 안내를 받았다.

"무슨 일이야?"

"그러게. 도둑이라도 들었나?"

연무장 내의 웅성거림이 끊이질 않았다.

그렇게 얼마나 지났을까.

정심한 기운을 물씬 풍기는 일단의 승려들이 모습을 드러냈다.

그중 우두머리로 보이는 승려가 방문객들을 훑어보았다.

"본사에 도둑이 침입하였습니다."

순간, 방문객들의 웅성거림이 더욱 커졌다.

우두머리 승려는 잠자코 웅성거림이 잦아지기를 기다렸다. 그 모습에 방문객들이 입을 다물었다.

그러자 승려가 진중한 음성으로 입을 열었다.

"본사의 물건이 하나 없어져 부득불 시주분들을 조사할 수밖에 없는 처지입니다. 이해해 주시면 감사하겠습니다."

승려의 정중한 부탁에 방문객들이 고개를 끄덕였다.

이어 많은 승려들이 나서서 방문객들을 한 명 한 명 수색하기 시작했다.

그러나 그 누구의 몸에서도 소림에서 잃어버렸다는 물건은 나오지 않았다.

그런 탓에 승려들은 초조한 기색을 감추지 못했다.

심지어 혜연 방장마저 승복을 입은 채 걸어오고 있었다.

혜연 방장은 침착해 보였으나, 그 주위의 승려들의 표정에서는 불안감이 흘렀다.

"어허, 정신들 차리게."

혜연이 꾸짖자 승려들이 고개를 푹 숙이며 불호를 외웠다.

그러자 승려들의 표정에 남아 있던 불안감이 한층 가라앉았다.

바로 그 순간, 독고천과 천선우가 어슬렁거리며 모습을 드러냈다.

강호 화합 회의에 참석했던 자들 중 몇 명이 독고천을 알아보았다.

'마교 놈이군.'

'분명 저놈이 훔쳤을 거야.'

그들이 의심의 눈초리로 독고천을 흘겼다.

혜연 방장이 뒤늦게 나온 독고천과 천선우에게 합장을 하며 물어 왔다.

"시주, 어째서 이렇게 늦게 나오셨는지 알 수 있겠습니까?"

"어쩌다 보니 늦게 나오게 되었소."

독고천이 어깨를 들썩여 보이자 다른 승려들의 눈매가 날카로워졌다.

하지만 혜연 방장은 여전히 정중하게 물었다.

"시주들의 품속을 수색해 보아도 되겠습니까?"

"만약 아무것도 나오지 않는다면 어쩔 거요?"

독고천이 날카롭게 묻자 혜연 방장이 살짝 당황하는 기색을 보였다.

"없으면 용의선상에서 벗어나시는 겁니다, 시주."

"용의선상? 지금 우리가 천마신교 소속이라 해서 이렇게 수색하는 것이오?"

"아닙니다. 이미 저분들도 수색을 했고……."

순간, 독고천이 손을 내저으며 혜연 방장의 말을 끊었다. 그 오만한 행동에 승려들이 울컥했다.

그러나 혜연 방장은 여전히 사람 좋은 미소를 지어 보일 뿐이었다.

독고천은 무심히 혜연 방장을 쳐다보며 말했다.

"수색을 한 후 나오지 않을 경우에는 어쩔 것이오?"

순간, 혜연 방장은 일이 꼬였다고 생각했다.

만약 나오지 않으면 용의선상에서 배제하면 그만이라고 생각했다.

그만큼 정파에서 소림의 위치는 거대했고, 그 누구도 무시하지 못했다.
 어떤 상황에서도 정파의 문파들은 항상 소림을 지지했고, 소림의 의견을 존중했으며, 소림의 의지를 허락해 주었다.
 그리고 소림은 어느 순간부터 그것을 당연하게 받아들이고 있었다.
 지금과도 같은 상황에서도 많은 방문객들이 소림을 존중하여 자존심이 상함에도 불구하고 쉽사리 수색을 허락했다.
 그런데 천마신교에게는 당연한 일이 전혀 아니라는 것을 혜연 방장은 미처 깨닫지 못하고 있었다.
 혜연 방장이 쉽사리 말을 잇지 못하자 독고천이 피식 웃었다.
 "모든 방문객들을 용의선상에 올려 놓고 뒤져 본다니, 무인의 자존심을 짓밟는 행위가 아닌가? 이 얼마나 으만한가."
 천하의 나쁜 놈들이 모였다는 천마신교 소속의 사내가 무인을 운운하자 승려들이 어처구니없어 했다.
 그러나 방문객들 중 몇 명은 고개를 주억거렸다. 따지고 보면 확실히 무례한 행동이었다.
 그들은 단지 상대가 소림이였기에 이해해 준 것뿐이었다.
 "만약 물건이 나오지 않으면 어쩔 거냐고 물었소이다."
 독고천이 냉정히 말하자 혜연 방장이 잠시 곤란스런 표정을 지었다.
 그러나 이내 무언가를 결심했는지 힘겹게 입을 열었다.

"……사과를 드리겠소."

"사과? 저 방문객들에게 사과는 하셨소?"

순간, 승려들은 아무 말도 하지 못했다.

부탁은 했지만 사과는 하지 않았다.

그들의 무의식중에 소림이 하는 일은 옳다는 생각이 깔려 있었기 때문인지도 몰랐다.

순간, 혜연 방장이 합장을 하며 방문객들에게 정중히 사과했다.

"수색을 한 것에 대해서 정말 죄송합니다. 갑작스런 상황에 판단력이 흐려졌나 봅니다. 다시 한 번 사과의 말씀을 드리겠습니다."

혜연 방장의 사과에 방문객들이 당황하며 손사래를 쳤다.

"아, 아닙니다."

"당연히 수색은 해야 하는 것 아니겠습니까."

그러나 그들의 표정은 한층 밝아져 있었다. 그 모습에 혜연 방장이 고개를 주억거렸다.

'하마터면 중요한 것을 놓칠 뻔했구나.'

"시주께 정말 감사의 말씀을 드립니다. 자칫 중요한 것을 놓칠 뻔했습니다."

혜연 방장이 정중히 합장을 해 오자 독고천은 무심히 고개를 끄덕였다.

그러나 겉으로 내보인 행동과는 달리 독고천은 혜연 방

장의 모습에서 확실히 느낄 수가 있었다.

소림이 괜히 강호의 태산북두가 아니라는 것을 말이다.

그때 갑자기 저 멀리서 승려가 헐레벌떡 뛰어오며 외치듯 말했다.

"방장님! 침입자가 지금 장경각 쪽에서 발견되었다고 합니다!"

순간, 혜연 방장의 신형이 쏜살같이 쏘아져 나갔다.

그 모습에 방문객들이 탄성을 내질렀다.

"역시 대단하군."

"그러게, 태산북두라는 말이 결코 허명이 아니야."

승려들의 안내를 따라 방문객들이 각자의 방으로 돌아갔다.

방으로 돌아온 천선우가 입을 열었다.

"역시 교주님이십니다."

"뭐가 말이냐?"

독고천이 침대에 앉으며 가부좌를 틀더니 무심히 물었다.

그러자 천선우가 씨익 웃었다.

"말 몇 마디로 태산북두라는 소림 방장에게 사과를 받으셨지 않습니까. 역시 교주님이십니다."

그러자 독고천이 품속에 손을 넣더니 무언가를 꺼내 천선우에게 던졌다.

천선우가 급히 그것을 낚아챘다.

작은 네모난 상자였는데, 금칠이 되어 있었다.

조심스레 상자를 열어 보자 그 안에는 작은 환단이 들어 있었다.

천선우는 환단을 집어 들고 이리저리 확인하더니, 떨리는 목소리로 조심스럽게 물었다.

"이, 이거, 설마 대환단입니까?"

"맞다."

독고천이 무심히 고개를 끄덕이자 천선우가 무언가에 얻어맞은 듯한 표정을 지었다.

"서, 설마 대환단을 훔친 것을 들키지 않으려고 그렇게 말씀하신 겁니까?"

"그래. 소림에 왔는데 기념품으로 뭐라도 하나 가져가야 하지 않겠나."

천선우가 간 큰 독고천의 행동에 진심으로 감탄을 표했다.

아니, 소림 최고의 영약이자 보물인 대환단을 훔치고도 그리 당당할 줄이야.

배짱의 크기가 차원이 달랐다.

'여, 역시 교주님!'

"운 좋게도 진짜 도둑이 들었으니 하늘이 도운 것이라 볼 수 있겠지."

독고천은 그 말을 끝으로 눈을 감고 운공에 들어갔다.

천선우는 그저 허탈한 웃음을 지은 채 독고천을 바라볼

뿐이었다.

*　　*　　*

―소림의 장경각(藏經閣)이 털렸다!

그 소식은 거센 물살처럼 강호 전역을 강타했다.
소림의 장경각이 어떤 곳인가.
소림의 모든 무공 비급과 경전들을 모셔 두는 곳이 아닌가.
특히 소림의 무공은 모두가 태산북두라 인정하고 있었다.
그런데 그런 소림의 모든 무공 비급들을 모아 놓은 장경각이 털린 것이다.
다행히 승려들이 재빨리 발견한 덕분에 털린 것은 없다고 알려졌지만, 사실은 그게 아니었다.
불투신투(不偸神偸)의 흔적인 푸른 영웅건이 놓여져 있던 것이다.
불투신투는 도둑이면서 도둑이 아니었다.
그가 훔치는 물건은 결코 없었다. 그것이 바로 불투신투라는 명호가 붙여진 이유였다.

훔치지 않는 도둑!

단지 그는 자신이 왔다 갔다는 것을 자랑하기 위해 범죄 장소에 항상 푸른 영웅건을 놓고 사라지곤 했다.

그리고 그날 밤, 철저한 보안으로 지켜지던 소림의 장경각 내에서 불투신투의 푸른 영웅건이 발견된 것이었다.

그리고 끝물에 불투신투의 모습을 확인했지만, 결국 놓치고 만 것이었다.

소림도 수치심을 느꼈는지 강호 화합 회의를 부랴부랴 취소하고 다음으로 연기했다.

하지만 그것이 끝이 아니었다.

소림은 잠시 동안의 봉문을 선언했다.

第三章
모용세가(募容世家)

총타로 돌아온 독고천은 내총관에게 한 바가지의 잔소리를 듣고는 교주실에서 서류에 인장을 찍어 가며 하루하루를 보내고 있었다.
 독고천이 문득 한숨을 내쉬었다.
 "지루하군."
 이러려고 교주가 된 것이 아니었다.
 무공의 극의를 보기 위해 열심히 수련했을 뿐인데, 일이 꼬여 교주가 되고 말았다.
 후회는 하지 않지만, 서류에 도장이나 찍는 지루한 행위는 결코 마음에 들지 않았다.
 수련하는 시간도 이놈의 서류 뭉치들 때문에 확 줄고 말았다.

 아직도 끝이 보이지 않는 무공의 극의인데, 이렇게 서류에 많은 시간을 쏟다 보면 극의를 못보고 죽을 가능성이 컸다.

 무언가 대책이 필요했다.

 그 순간, 독고천의 감각에 무언가 잡혔다.

 슬쩍 창문을 바라보았다.

 벌써 어둠이 내려앉아 있었다.

 독고천은 상기된 표정으로 의자에서 몸을 일으켰다.

 그리고 창문 쪽을 훑었다.

 용마무고 쪽에서 검은 그림자가 조심스럽게 움직이고 있었다.

 순간, 독고천의 눈이 빛났다.

 철옹의 벽이라고 불리는 것과 달리 천마신교에 침입하는 자들이 아예 없진 않았다.

 하지만 살아 나간 자는 전무했다.

 우선 천마신교는 들어오는 것은 쉽지만, 나갈 때는 진법부터 시작해서 많은 함정들이 있기 때문에 여의치가 않았다.

 독고천의 신형이 조심스럽게 창문을 넘어 담으로 숨어들었다.

 복면인은 아직까지 눈치를 채지 못했는지 살금살금 무고

쪽으로 향하고 있었다.
 독고천은 최대한 기척을 죽인 채 복면인 뒤를 쫓았다.
 얼마나 지루했으면 이런 짓조차 독고천에게는 즐거웠다.
 마치 예전 살수 시절이 생각나는 듯했다.
 '그때는 최소한 마음 편히 수련에 집중할 수 있었지.'
 갑자기 복면인이 주위를 훑기 시작했다.
 그러다 갑자기 시선을 느낀 듯 뒤를 돌아보았다.
 그 순간, 독고천이 살짝 땅바닥을 박찼다.
 허공으로 부웅 솟구친 탓에 복면인은 아무것도 발견하지 못한 채 고개를 갸웃거리며 무고 쪽으로 발걸음을 재차 옮겼다.
 천마신교 고수들이 지키고 있는 무고에 다다른 복면인이 담 옆에 바싹 붙었다.
 그리고 품 안에서 무언가를 꺼내더니, 벽에 대고 툭툭 두드렸다.
 그러자 놀랍게도 사람이 겨우 들어갈 만한 구멍이 만들어졌다.
 독고천이 신기한 듯 고개를 주억거렸다.
 '신기한 물건을 지니고 있군.'
 구멍 안으로 쏙 들어간 복면인의 손이 떨어져 나간 벽을 다시 메우기 시작했다.
 이번에도 놀랍게도 구멍이 났던 벽이 다시 메워졌다.

독고천이 곧바로 벽에 붙어서 구멍이 났던 벽을 조심스럽게 툭툭, 쳤다.

그러자 정확히 구멍만 한 벽이 떨어졌다.

독고천이 조심스럽게 안으로 들어가자 갑자기 누군가가 비수를 목에 들이댔다.

"조용히 해."

순간, 독고천의 움직임이 멈췄다.

그러자 복면인은 독고천을 안쪽으로 끌어내고는 날카로운 비수를 목에 가져다 댔다.

"넌 누구냐?"

독고천이 씨익 웃었다.

"누구겠나. 밤손님이지."

밤손님이라는 말에 복면인이 혀를 찼다.

"미안하지만 여긴 내가 먼저 왔으니 넌 집에 가서 발이나 씻고 자라."

"그런 법이 어디 있나."

독고천이 억울하다는 듯 말하자 복면인이 인상을 찌푸리며 복면을 벗었다.

"내가 누군지 이제 알았을 테니 알아서 돌아가라."

그러나 독고천은 누구인지 모르겠다는 듯 고개를 갸웃거렸다.

그러자 복면인이 혀를 찼다.

"허, 마교를 털러 온 꽤나 실력 있는 놈이 내 얼굴도 모른단 말이냐?"

"누군데?"

독고천이 묻자 복면인의 표정이 갑자기 달라지며 자신감이 물씬 풍겨왔다.

"난 불투신투다."

독고천의 탄성을 기다리고 있던 불투신투가 인상을 찌푸렸다.

"안 놀랍냐?"

"불투신투가 누군데?"

독고천의 되물음에 불투신투가 한숨을 내쉬었다.

"이런 무식한 놈을 봤나. 강호를 진동시키는 전설의 도둑, 불투신투가 바로 나란다."

독고천이 멍하니 바라보자 불투신투는 한숨을 내쉬며 손사래를 쳤다.

"아, 빨리 그냥 꺼져라."

순간, 불투신투의 움직임이 딱 멎었다.

팔이고 다리고 몸 자체가 움직이지 않았고, 눈만 깜박일 수 있었다.

독고천은 불투신투의 손에서 비수를 뺏어 들고는 품 안에 집어넣었다.

"간도 크군. 나쁜 놈들의 집합소라 불리는 본 교에서 도둑질을 하려는 놈이 있을 줄이야."

불투신투의 눈에서 경악이 흘러나왔다.

그러나 독고천이 아랑곳하지 않고 불투신투의 품속을 뒤졌다.

품속에서는 세 개의 서적과 지도 두 장, 그리고 명패가 나왔다.

명패는 열쇠 모양이었는데, 옥빛으로 빛나고 있었다.

명패를 품 안에 챙겨 넣은 독고천이 서적을 하나씩 확인하기 시작했다.

그러던 어느 순간, 독고천의 눈이 점점 커지더니, 경악에 다다랐다.

깨달음이란 계단 같은 것이 아니다. 경지 위에 새로운 경지가 있다는 것이 아니란 소리다.

즉, 천외천과도 같은 것이 깨달음이다.

하늘 위에 하늘이 있다는 것을 그 누가 알겠는가.

그 정도로 깨달음이란 차원이 다른 것임을 뜻한다.

그것을 표현할 수는 없다. 자그마한 돌멩이와 바위는 크기를 비교할 수 있지만, 깨달음은 가능하지 않다.

그게 바로 깨달음이자 경지라는 것이다.

그리고 그 깨달음이란 사람마다 다르게 느껴지는 것인데, 해를 본 사람이 있으면 달을 본 사람이 있는 법, 즉 각자 깨달음은 그렇게…….

　절정의 무공 비급이었다.
　아니, 절정이 아니라 무공의 극의를 담고 있을 만한 내용들이 나열되어 있었다.
　하지만 너무나도 난해하고 심오한 내용이라 당장 익힐 수는 없어 보였다.
　심지어 평생을 서적 해독에 바쳐야 할지도 모를 정도로 심오한 내용을 담고 있었다.
　서적들의 내용은 이어져 있었는데, 마지막에서 내용이 잘려 있었다.
　마지막 권이 있어야만 모든 것이 이해가 가능할 듯 보였다.
　독고천의 손이 허공을 격했다.
　"연결권은 어디 있나?"
　독고천의 물음에 불투신투가 눈을 깜박였다.
　모른다는 의미인 것 같았다.
　"해혈을 해 놓았으니 말할 수 있을 것이다."
　"허헉, 네놈은 누구냐!"
　불투신투가 경악한 눈동자로 노려보았다. 그러나 독고천은 불투신투의 질문을 무시한 채 거칠게 물었다.
　"이 서적들의 연결권은 어디에 있냐고 물었다."

순간, 독고천의 몸에서 붉은 마기가 폭사되었다. 엄청난 마기가 뿜어지자 밖에서 지키고 있던 무사들이 무고 안으로 들이닥쳤다.

독고천은 그들을 보며 나가라는 듯 손짓했다.

그에 무사들이 정중히 고개를 숙인 후 밖으로 나가 버렸다.

불투신투는 독고천의 엄청난 마기에 눌려 얼굴이 허옇게 질린 채 부들부들 떨고 있었다.

그냥 좀 하는 도둑놈인 줄 알았는데, 천마신교의 인물이었던 것이다.

그것도 꽤 고위급으로 보이는 고수였다.

'똥 밟았군……'

독고천의 마기가 한층 짙어지자 불투신투의 입에서 피가 흘러나왔다.

불투신투가 힘겹게 입을 열었다.

"……나, 나도 모른다."

독고천이 아무 말 없이 불투신투의 팔을 쥐었다. 그리고 조금씩 힘을 주기 시작하자 불투신투의 팔이 기묘하게 꺾이기 시작했다.

"으으으으, 진짜 모른다!"

빡!

순간, 둔탁한 소리와 함께 팔이 부러졌다. 불투신투의 입에서 거품이 흘렀다.

그러나 독고천은 아랑곳하지 않은 채 이번에는 불투신투의 반대편 팔을 쥐었다.

그리고 힘을 주기 시작하더니 마저 부러뜨렸다.

불투신투는 엄청난 고통에 신음을 터뜨리며 거품을 게워냈다.

"저, 정말 모른단 말이야. 이 새끼야……. 내가 그것 때문에 돌아다니고 있는 거란 말이야……."

불투신투가 애처롭게 말했지만, 독고천은 무표정한 얼굴로 이번에는 다리를 붙잡았다.

순간, 불투신투의 얼굴색이 시퍼렇게 질렸다.

다리는 도둑의 생명이었다.

한 번 부러진 다리는 치료가 된다 해도 예전의 능력을 펼치기 힘들었다.

그렇기에 다리만큼은 절대로 사수해야 했다.

"자, 잠깐!"

독고천이 다리를 잡은 채 불투신투를 쳐다보았다. 불투신투가 욕지거리를 내뱉었다.

"이, 이 악마 같은 놈."

"마인에게 악마라는 말은 칭찬이지."

독고천이 씨익 웃자 불투신투는 화병이 도지는 것을 느꼈다.

불투신투는 한숨을 내쉬며 입을 열었다.

"나도 중원 곳곳을 돌아다니며 찾은 것이다. 난 원래 수수께끼를 푸는 것을 좋아하는 편이라 그 비급을 찾아 돌아다닌 것이지. 사실 비급을 펼치면 뭔 소리인지도 몰라. 그리고 마지막 서적은 그 명패에 모든 것이 달려 있지."

"명패?"

"그래. 마지막 서적을 찾기 위한 열쇠가 바로 명패다."

"방법은?"

독고천의 물음에 불투신투가 이렇게 쉽게 알려준다는 것이 억울한지 이를 갈았다.

"으, 네놈이 뺏어간 지도를 사용하면 비급이 숨겨져 있는 위치를 알 수 있다. 하지만 나는 아직 해석 중이어서 찾지 못했지."

독고천이 고개를 주억거리며 물었다.

"본 교에는 무슨 일로 침입했나?"

"따로 이유는 없어. 평상시처럼 지도를 해석하다가 안 풀려서 기분이나 풀고자 들른 거야. 아무것도 훔치지 않는다고, 난!"

그의 말에는 자부심이 배어 있었다.

그러나 독고천은 신경도 쓰지 않고 서적을 연신 훑었다.

역시나 마지막 권이 있어야만 모든 것이 이해가 될 듯했다.

지도를 펼쳐 보니 기괴한 기호와 문장들로 뒤덮여 있었다.

해독하는 데 오랜 시간이 걸릴 듯 보였다.

독고천의 손이 허공을 격하자 불투신투가 정신을 잃고 앞으로 고꾸라졌다.

독고천은 무고 밖으로 나서며 무사들에게 지나가는 투로 말했다.

"안에 도둑놈이 한 명 있는데, 손님들이 머무는 그런 방 하나 있지? 거기에 가둬 놔라."

"도둑놈인데 손님을 모시는 곳에 말씀이십니까?"

무사가 이해가 가지 않는다는 듯 묻자 독고천이 고개를 끄덕였다.

"괴롭히지는 말고 아무 데도 못 가게 잡아 놓기만 하도록."

"존명."

그 말을 끝으로 독고천은 모습을 감추었다.

무사들이 무고 안으로 들어서자 흑의사내가 엎드린 채 기절해 있었다.

강호 전역에 신출귀몰한 행사로 위명을 올리던 불투신투 적용반은 그렇게 천마신교에 갇혀 버리고 말았다.

*　　*　　*

독고천은 모든 서류 업무를 때려치운 채 연공실로 들어가 버렸다.
　내총관도 직접 연공실로 들어가 보았지만, 오히려 욕만 얻어먹고 쫓겨날 뿐이었다.
　어느 누구도 독고천의 코빼기도 보지 못했다.
　그렇게 하루가 흐르고, 이틀이 흐르고, 결국 한 달이란 시간이 흘렀다.
　물론 역대 교주들이 무공을 수련하기 위해 연공실에 들어가는 경우는 많았지만, 이렇게 갑작스럽게 한 달간이나 자리를 비운 경우는 드물었다.
　결국 내총관은 결심했다.
　"무슨 일이 벌어진 것일 수도 있으니, 교주님을 꼭 만나 뵈어야겠다."
　내총관 문장덕은 단단한 결심을 하고, 수하들과 함께 연공실 앞에 섰다.
　쾅쾅!
　연공실 문을 두들기며 문장덕이 외치듯 말했다.
　"교주님!"
　묵묵부답이었다.
　문장덕이 재차 연공실을 두들겼다.
　"교주님!"

문뜩 문장덕의 뇌리에 무언가 스쳐 지나갔다.
"……설마?"
갑자기 문장덕이 연공실을 호위하고 있는 무사들에게 외치듯 말했다.
"연공실 열쇠!"
"네?"
"연공실 열쇠, 당장 내놓아라!"
문장덕이 엄청난 마기를 풍기며 말하자 무사가 급히 열쇠를 내놓았다.
연공실은 혹시 모를 경우를 대비하여 밖에서 열 수 있도록 잠금 장치를 만들어 놓았다.
교주가 주화입마에 빠지거나 혹은 운공을 잘못하여 정신을 잃으면 구하러 들어가야 하니 말이다.
끼익.
열쇠를 넣고 돌리자 연공실 문이 열리기 시작했다.
하지만 연공실 안에는 작은 서신 외에 아무도 없었다. 문장덕이 바닥에 놓여 있던 서신을 들었다.
그리고 서신을 읽어 내려가는 그의 손은 떨리기 시작했다.

잠시 밖에 나갔다 오겠네.

문장덕의 웅후하고도 애절한 사자후가 연공실에 울려 퍼졌다.
"으아아아, 교주님!"

* * *

넓디넓은 평야에 많은 구릉과 고원들이 널리 펼쳐져 있었다.
독수리들이 넓은 평야 위 허공을 날고 있었고, 붉은 태양이 내려쬐고 있었다.
흑의사내가 경신술을 이용하여 평야를 가로지르고 있었다.
엄청난 속도로 달려나가는 그는 지나가던 사람이 봤다면 바람이 지나갔다고 착각할 정도였다.
그렇게 한참을 달려가던 흑의사내가 거대한 산맥을 앞에 두고 발걸음을 멈추었다.
흑의사내가 품속에서 지도를 꺼내 산맥과 대조해 보기 시작했다.
이윽고 흑의사내가 고개를 주억거렸다.
"맞는 것 같군."
흑의사내는 독고천이었다.
불투신투로부터 얻은 지도를 해석하며 지도가 가리키는

위치가 요녕이라는 것을 알 수 있었다.

그리하여 쉬지도 않고, 불철주야 요녕으로 달려왔다.

극의를 이룰 수 있다는 희망이 독고천을 이끈 것이었다.

독고천은 산맥의 구석진 곳에 움막을 짓기 시작했다. 옆에는 냇물이 흘렀다.

벽곡단을 만들어 한쪽에 쌓아 놓은 독고천은 무작정 서적들을 읽어 내려가기 시작했다.

제목은 따로 없었다.

그리고 초식이나 구결 같은 것이 적혀 있기보다는 깨달음에 대해서만 나와 있었다.

이미 독고천이 지난 세월 깨달았던 깨달음과 같기에 추호의 의심조차 할 수 없었다.

서적을 내려놓은 독고천은 가부좌를 튼 채 운공에 들어갔다. 그렇게 몇 시진이 흐르고 눈을 뜬 독고천은 벽곡단 하나를 입에 넣고 우물거렸다.

그리고 지도에 적혀 있는 기괴한 암호들을 해석하기 시작했다.

처음에는 머리가 아팠지만 하나하나씩 차근하게 살피다 보니 무언가 규칙적이라는 것을 깨달았다.

사실 요녕(遙寧)이라는 위치도 그렇게 해서 알아낸 것이었다.

그러나 이곳에 와서 하루하루가 흐를수록 풀려가기는커

녕 더욱 헷갈리기만 했다.
 어느새 수염은 무성하게 자랐고, 의복은 때에 찌들어 검게 변해 있었다.
 그러나 독고천은 무아지경에 빠져 있었다.
 극의에 대한 집착은 독고천을 집어삼켰다. 눈 밑은 퀭해져만 갔지만, 그와 달리 눈동자는 흡사 불이라도 뿜어 내는 듯했다.
 그렇게 한 달이란 시간이 흘렀다.

* * *

 요녕성에 기괴한 소문이 돌기 시작했다.
 흑산(黑山) 쪽에 수염귀신이 나타난다는 소문이었는데, 이미 많은 나무꾼과 아이들이 증인이 되어 나섰다.

"내 살다 살다 그런 귀신은 처음 봤네."
"너무너무 무서웠어요!"

 심지어 아이들을 잡아먹는다는 흉흉한 소문마저 돌기 시작했다.
 본래 요녕에는 산이 드물어서 땔감을 구하기 위해선 흑산으로 들어가야 했다.

그러나 흑산에 수염귀신이 있다는 소문 때문에 어느 순간부터 인적이 드물게 되었다.

 그러다 보니 요녕의 땔감 가격이 천정부지로 치솟기 시작했고, 그 영향은 요녕에 자리 잡은 모용세가(慕容世家)에게도 적용되었다.

 "왜 이리 부가 비용이 많이 들어가는 게야?"

 모용세가의 가주, 모용인이 인상을 찌푸렸다.

 섬광검(閃光劍) 모용인은 한때 기재라는 말이 무색할 정도로 강호를 위진시켰던 후기지수 중 한명이었다.

 그러나 나이가 먹어 갈수록 모용세가의 단점이 부각되기 시작하더니, 결국 그저 그런 고수로 중년의 나이를 보내고 있었다.

 모용세가의 단점은 절정의 경지를 뚫을 만한 검법이 없다는 것이었다.

 섬광분운검(閃光分雲劍)과 성광추혼검(聖光追魂劍)은 강호를 질타했던 모용세가의 절정검법들이었다.

 그러나 성광추혼검은 아예 비급 자체가 절전되었고, 섬광분운검은 오초식 이후로는 아예 실전이 되어 버리고 말았다.

 그러나 섬광분운검을 오초식까지만 배워도 어느 정도 고수 흉내는 낼 수 있었기에 모용인의 젊은 시절은 강호의 신진 고수로 인정받을 수 있었다.

그러나 그 이상은 익힐 수 없었기에 모용인의 검술은 제자리걸음이었고, 결국 그렇게 강호에서 쫓겨나듯 모용세가로 돌아올 수밖에 없던 것이었다.

모용인이 투덜거리자 총관이 고개를 조아렸다.

"가주님, 혹시 그 소문을 들으셨습니까?"

"무슨 소문 말인가?"

모용인이 고개를 갸웃거리자 묻자 총관이 침을 삼킨 후 말을 이어 나갔다.

"본래 저희가 쓰는 모든 땔감은 흑산에서 나옵니다. 그런데 수염귀신이라는 놈이 나타났다고 하여 나무꾼들이 흑산으로 들어가길 꺼려한답니다. 그러다 보니 땔감의 가격이 오르기 시작했고, 부가 비용 중 땔감이 차지하는 비용은 상당수이기에 부가 비용 또한 오르고 만 것입니다."

총관의 말을 듣고 있던 모용인이 잠자코 고개를 끄덕이다가, 일순 옆에 있던 도자기를 집어 던졌다.

"그게 말이 된다고 생각하나, 총관!"

쨍그랑!

요란한 소리와 함께 도자기가 박살 나자 총관이 한숨을 내쉬었다.

예전에는 광명정대하고 의협에 넘쳤던 가주가 강호행을 마친 후에는 성격도 고약해졌고 툭하면 물건을 던지는 다혈질로 변했던 것이다.

"하, 하지만 정말 수염귀신 때문에 부가 비용이 오르고 있습니다, 가주님."

총관이 진지하게 거듭 말했지만, 모용인은 다시금 옆에 있던 찻잔을 집어 던질 뿐이었다.

"그럼 빨리 고수들을 파견해서 수염귀신인지 뭔지를 죽이면 되잖아!"

"예."

총관이 시무룩한 표정으로 가주실을 나왔다.

그러고는 슬쩍 가주실을 뒤돌아보며 길게 한숨을 내쉬었다.

'휴, 모용세가의 미래가 어찌 될는지……'

*   *   *

모용세가에서 파견된 세 명의 고수가 주위를 두리번거렸다.

"아니, 우리 임무가 뭐라고?"

"수염귀신을 찾아서 죽이는 게 임무라더군."

"뭐, 귀신같은 게 있긴 한 건가?"

세 명의 사내가 연신 고개를 내저으며 한숨을 내쉬었다.

깊은 산속으로 들어갈수록 귀신은커녕 울창한 숲 속만이 반겨 줄 뿐이었다.

연신 두리번거리던 사내 중 한 명이 손가락으로 한곳을 가리켰다.

"저게 뭐지?"

그곳에는 작은 움막이 지어져 있었는데, 사람이 산 듯한 흔적이 보였다.

사내들이 곧바로 움막으로 발걸음을 옮겼다.

순간, 엄청난 살기가 사내들을 짓눌렀다. 생전 처음 느껴 보는 엄청난 살기에 사내들의 다리가 후들거렸다.

"누구냐?"

묵직한 저음이 울려 퍼지자 사내 중 한 명이 기겁했다.

"수, 수염귀신이다……."

수염귀신이란 말에 나머지 사내들이 살짝 동요하며 눈동자가 흔들렸다.

그러나 곧바로 마음을 다잡았다.

"거, 거기 누구시오?"

그들의 목소리는 떨리고 있었다. 그러자 묵직한 저음이 다시 울려 퍼졌다.

"돌아가라."

"그, 그럴 순 없소. 귀하가 수염귀신이오?"

순간, 숲 속이 조용해졌다.

사내 한 명이 부들부들 떨었다.

"지, 진짜 귀신이야."

"조용히 해!"

다른 사내가 꾸짖자 사내는 이를 악물며 공포심을 짓누르려 애를 썼다.

차라리 엄청나게 강한 자와 비무를 하는 게 낫지, 귀신을 처리하는 건 차원이 다른 문제였다.

순간, 움막에서 붉은빛이 음산하게 흘러나오기 시작했다.

사내 중 한 명이 참지 못하고 괴성을 지르며 도망쳤다.

"수염귀신이다!"

그러자 남겨진 두 명의 사내가 서로를 마주 보았다. 그리고 이내 소리를 내지르며 앞서 달아난 사내의 뒤를 따랐다.

"으아아악!"

요녕을 휩쓴 수염귀신의 소문은 더욱 부풀어져만 갔다.

    * * *

"이런 멍청한 놈들!"

모용인이 도자기를 내던지며 꾸짖었다. 그러자 모용세가 무사들이 고개를 푹 숙였다.

모용인이 혀를 찼다.

"뭐? 수염귀신? 무공을 익혔다는 놈들이 귀신 때문에 도망쳐 왔다고?"

"가, 가주님, 그런데 정말로 거기에 귀신이……."

"조용히 해!"
쨍!
날카로운 소리와 함께 찻잔이 박살 났다.
모용인이 씩씩거리며 자리에서 벌떡 일어섰다.
"나도 간다."
"옛? 하지만 가주님까지 직접 나서실 필요는……."
"빨리 분광검대(分光劍隊)를 집합시켜!"
찻잔이 다시 허공을 날았고, 모두들 한숨을 내쉬었다.
'찻잔이 남아나질 않겠군.'

분광검대는 유일한 모용세가의 무력 부대였다.
물론 삼십 명이 전부였기에 무력 부대라고 말하기엔 민망할 수준이었지만, 모용세가의 모든 고수가 속해 있었다.
분광검대 전원이 출동하는 일은 오 년 만이었다.
거기다 지휘자로 가주 본인이 직접 나서는 것은 십 년 만이었다.
"빨리빨리 움직여라."
모용인이 앞장서며 말하자 모용세가의 무사들이 인상을 찌푸렸다.
모용인에 대한 신뢰는 이미 땅에 떨어질 대로 떨어진 상태였다.
핏줄로 이루어진 모용세가였기에 그나마 버티고 있는 것

이지, 다른 문파였다면 진즉 가주 자리에서 쫓겨났을 것이다.

거친 욕설과 다혈질인 성격 탓에 많은 무사들이 손찌검 아닌 손찌검을 당했고, 항상 자기 마음대로 결정을 해 왔다.

그렇기에 모용세가 내에서 모용인에 대한 불만은 이미 한계에 이른 상태였다.

예전에는 강호에서 명문정파 취급받으며 강호를 호령했지만, 지금은 오히려 변방에 갇혀 이도저도 아닌 문파로 몰락해 버린 모용세가.

그러나 요녕에서는 여전히 손꼽히는 문파였다. 그리고 모용인도 요녕에서 알아주는 고수였다.

그게 문제였다.

힘이 약한 자는 혁신을 꿈꾸지 못하는 것이 강호였다.

모두들 모용인보다 약하다 보니 바꿀 시도조차 못했다.

또한 핏줄로 연결되어 있으니, 반목한다는 것이 꺼림칙한 부분도 없잖아 있었다.

모용인이 뒤를 돌아보았다.

"그때 어디서 수염귀신을 보았나?"

그러자 세 사내가 앞장서서 걸어가기 시작했다. 울창한 숲 속을 지나자 저 멀리 움막이 시야에 들어왔다.

세 사내는 그때의 기억이 나는지 발걸음이 느려지기 시

작했다.
 그러자 모용인이 거칠게 돌을 집어 던졌다.
 "빨리빨리 걸어!"
 "하, 하지만 가주님……."
 "왜!"
 "저, 저기가 바로 수염귀신이 나타나는 움막입니다."
 사내들의 공포 어린 눈빛을 읽은 모용인이 한숨을 내쉬었다.
 "세상에 귀신이 어디 있느냐. 나와 봐라."
 모용인은 사내들을 옆으로 비켜서게 하고는 거침없이 움막 쪽으로 걸어갔다.
 순간, 움막 쪽에서 붉은 기운이 넘실거리며 흘러나왔다.
 호기 넘치게 걸어가던 모용인의 걸음이 일순 멈춰졌다. 그리고 뒤를 돌아보는 모용인의 얼굴은 잔뜩 일그러져 있었다.
 "지, 진짜 귀신이냐?"
 무사들이 연신 고개를 끄덕이며 뒷걸음질쳤다.
 모용인이 침을 삼켰다.
 순간, 묵직한 저음이 울려 퍼졌다.
 "이런 젠장, 이놈의 숲은 왜 이리 날 귀찮게 하는 거냐. 당장 다들 꺼져!"
 무사들이 벌벌 떨기 시작했다.

수염귀신에 대한 소문을 하루가 멀다시피 접하다 보니 사람의 목소리인지 귀신의 목소리인지 구분도 하지 못했다.

그러나 모용인은 달랐다.

지금은 그저 그런 중견 고수로 늙어 가고 있지만, 한때나마 강호에서 위명을 떨친 인물이 아닌가.

모용인은 침을 삼키며 한 걸음씩 움막으로 걸어갔다.

순간, 움막으로부터 엄청난 살기와 함께 붉은빛이 뿜어져 나왔다.

후들거리는 다리와 달리 모용인의 눈은 빛나고 있었다.

'무림인이군.'

상대가 귀신이라면 아무리 자신의 섬광분운검이 뛰어나다 해도 방법이 없었다.

하지만 무림인이라면 달랐다.

다만 살기의 농도가 너무나도 짙다는 점이 마음에 걸렸다.

심지어 강호에서 굴러먹다 온 자신조차 이렇게 다리조차 후들거릴 지경인데, 일반 무사들은 어쩌겠는가.

모용인이 슬쩍 뒤를 돌아보았다.

아니나 다를까.

모두 피를 토하며 널브러져 있었다.

순간, 모용인의 입에서도 한 줄기 선혈이 흘러내렸다.

"큭."

살기를 통해 내상을 입히는 지경이라면 절정고수라는 답이 나왔다.

모용인은 심호흡을 하며 검을 뽑아 들었다.

오랜만의 날카로운 감각이 모용인의 뺨을 후려치는 것만 같았다.

강호에서 보냈던 살벌한 하루하루가 문득 모용인의 뇌리에 스쳐 지나갔다.

순간, 모든 살기가 깨끗이 사라졌다.

모용인이 갸웃거리며 움막 쪽으로 더욱 다가갔다. 그때, 움막 안에서 사람이 걸어 나왔다.

낡아빠진 흑의를 걸친 사내였는데, 수염이 무성했고 옷에는 때가 꼬질꼬질 껴 있었다.

모용인은 떨리는 다리를 부여잡은 채 검을 들어 사내를 가리켰다.

"누구냐! 정체를 밝혀라!"

순간, 사내와 모용인의 눈이 마주쳤다.

사내의 몸에서 은은한 붉은 기운이 흘러나오자 모용인은 확신했다.

강호에 있을 적 천마신교의 고수들은 자색 마기를 흘려 낸다는 말이 떠오른 것이다.

말로만 듣던 것과는 달리 직접 겪어 보자 그들은 강하고 호탕했다.

단지 그것이 지나쳐 오만하고 잔혹해 보이는 것은 사실이었다.

그러나 모용인은 이미 한 번 겪은 경험을 통해 천마신교에 대한 선입견은 없는 상태였다.

자색 마기도 있는데 붉은 마기라고 없을까.

"……천마신교의 고수요?"

모용인이 조심스럽게 묻자 사내의 몸에서 흘러나오던 살기가 눈 깜짝할 새 없어졌다.

"어찌 알았나?"

사내가 의아한 듯 묻자 모용인이 검을 검집에 집어넣었다.

"강호에서 한바탕 위명을 떨칠 때 그들과 만난 적이 있었소. 그들이야말로 호탕한 무인이었지."

모용인의 말에 사내의 눈이 빛났다. 말속에서 진심이 느껴졌기 때문이다.

"정말 그렇게 느꼈소?"

어느 순간, 사내의 말투가 바뀌었다. 모용인은 고개를 주억거렸다.

"본 세가는 예전엔 명문정파로 이름을 날렸지만, 지금은 정파도 사파도 아니오. 그러다 보니 천마신교의 고수들과 어울려 함께 강호를 종횡한 적이 있었지. 비록 이삼 주야 동안의 짧은 시간이었지만, 그들과 있는 동안은 가식을 떨

필요가 없었소. 물론 너무나 거칠고 함부로 살인을 한다는 점에선 꺼림칙했지만."

 모용인의 말에 뒤에 서 있던 세가의 무사들이 경악했다.

 항상 거칠고 다혈질이 되어 버린 가주의 모습에 그들은 적응이 되질 않았다.

 한데 왠지 그 이유를 알 것 같지 않은가.

 그들은 내상을 입고 피를 토하면서도 가주의 침착한 태도를 신기한 듯 유심히 지켜보고 있었다.

 비록 다혈질이고 거칠기는 해도 가주는 세가 최고의 고수였다.

 가주와 함께라면 최소 요녕에서 두려워할 자는 없다고 해도 무방했다.

 그렇기에 가주가 의문의 사내와 태연자약하게 이야기를 나누자 어느새 안정을 되찾은 것이다.

 잠시 사내를 훑어보던 모용인이 혀를 찼다.

 "그런데 귀하의 몸이 좀 더럽구려. 요즘 요녕에서 떠도는 소문은 알고 있소?"

 "어떤 소문 말이오?"

 "귀하는 수염귀신으로 요녕에 이름을 떨쳤소. 나무꾼이나 아이들은 귀하 덕분에 흑산 근처에도 오질 않는다오."

 그러자 사내가 쓴웃음을 지었다.

 "개인적인 사정으로 움막에 살게 된 것인데, 방해꾼을

쫓아내다 보니 그런 것 같소. 여기의 책임자 같은데, 미안하게 되었소."

사내의 사과에 모용인이 손사래를 쳤다.

"별거 아니오. 그나저나 본 가로 초대하고 싶은데, 오시겠소?"

처음 보는 사내를 본가로 초대하다니, 순간 뒤에 있던 무사들의 눈이 경악으로 물들었다.

그러나 모용인은 아랑곳하지 않았다.

"목욕도 하고 그놈의 수염도 밀고. 어떻소?"

모용인의 호탕한 태도에 사내가 잠시 고민하는 듯하더니 이윽고 고개를 끄덕였다.

"초대에 응하겠소."

"좋소. 갑시다."

모용인과 정체 모를 사내는 의기투합하여 세가로 발걸음을 옮겼다.

남겨진 무사들이 서로를 멍하니 쳐다보았다.

"저게 가주님 맞아?"

"귀신에 홀리신 건가?"

"그나저나, 얼른 뒤쫓아 가자고!"

무사들이 허겁지겁 가주와 정체 모를 사내의 뒤를 쫓았다.

그렇게 모용세가는 뜻하지 않게 풍운(風雲)을 맞이하게

되었다.

* * *

사내는 다름 아닌 독고천이었다.
"하하, 그래서 독고 대협이 그들을 겁주었단 말이오?"
모용인이 호탕하게 웃으며 술잔을 들이켰다.
그러자 목욕을 하여 매우 깔끔해진 독고천이 씨익 웃으며 고개를 주억거렸다.
"본의 아니게 그렇게 되었소."
독고천의 대답에 모용인이 미친 듯이 웃으며 킬킬거렸다.
뺨이 붉어진 것으로 보아 무척이나 취한 듯 보였다.
"본 가의 무사들도 그놈의 수염귀신 때문에 밤잠을 설칠 정도였소. 그런데 그것이 독고 대협의 마기 때문이었다니. 하하하!"
순간, 모용인이 몸을 일으키려다 휘청거렸다.
독고천이 급히 부축을 하려 하자 모용인은 이내 괜찮다는 듯 손사래를 쳤다.
"아아, 괜찮소. 변소에 좀 갔다 오겠소."
독고천은 고개를 주억거리며 술잔을 비웠다.
비틀거리며 방 밖으로 나온 모용인은 방문을 닫자마자 표정이 대번에 달라졌다.

비틀거리던 몸짓도 절도있게 변해 있었다.

그의 발걸음은 총관의 방으로 향했다.

"총관, 있는가?"

"예, 가주님."

총관이 방문을 열며 반기자 모용인이 진중한 표정을 지어 보였다.

"때가 되었네."

"어떤 때가 말씀이십니까?"

모용인의 진중한 태도에 총관이 적응이 되지 않는다는 듯 고개를 갸웃거렸다.

그러자 모용인이 방문을 닫으며 의자에 앉았다.

"본 가가 다시 강호에 진출할 수 있는 길이 열렸다는 말일세."

"어떻게 말씀이십니까?"

모용인의 말에 총관이 흥분하며 바라보았다. 그러자 모용인이 씨익 웃었다.

"사실 난 은밀하게 섬광분운검을 익히고 있었네."

모용인의 말에 총관이 멍한 표정을 지었다.

그러자 모용인이 이해한다는 듯 총관의 어깨를 툭툭, 쳤다.

"사실 모용세가가 요녕 최고의 문파라 하지만 근래 흑룡문에게 밀리고 있지 않은가. 그래서 그들의 관심을 피하고

자 망나니짓 좀 했네. 허허."

순간, 총관은 모용인의 뺨을 후려칠까 진지하게 고민했다.

그렇게 자신을 마음고생시키던 가주의 행동이 모두 거짓이었을 줄이야.

괘씸한 마음과 달리 총관의 눈에서 눈물이 흘러내렸다.

동시에 모용세가에 희망이라고는 눈곱만큼도 없다고 생각했던 자신의 생각이 부끄러웠다.

가주의 망나니 같은 짓에 속으로 욕하고 속뜻을 헤아리지 못한 자신이 새삼 창피했다.

총관이 갑자기 울자 오히려 모용인이 당황해했다.

"자네, 왜 그러는가?"

그러자 총관이 소매로 눈물을 닦으며 고개를 도리도리 내저었다.

"아무것도 아닙니다. 그럼 그 실전되었던 초식을 되찾으신 겁니까?"

"그래, 강호에 나갔을 때 찾았지. 다만 시기가 안 좋았어. 자네도 알지 않나. 내가 복귀했을 당시 흑룡문이 본 가를 쥐어 잡고 흔들고 있지 않았나. 그래서 본 가가 크기 위해선 흑룡문의 관심을 끊게 해야 한다고 느꼈지."

모용인이 차분하게 말을 이어 나갔다.

"지금 난 섬광분운검을 대성하였네. 그리고 강호에 진출할 때를 노리고 있었지. 그런 처지에 본 가가 정파, 사파 구분할 처지는 아니지 않는가."

그랬다. 모용세가는 내일 당장 몰락하여도 이상할 게 없을 정도로 망해 가는 세가였다.

명문정파의 자존심이고 뭐고, 당장 입에 풀칠하게 생겼는데 그놈의 자존심이 밥 먹여 주진 않았다.

물론 자존심에 목숨까지 거는 명문정파들도 많지만, 모용세가는 요녕이라는 새외에 떨어진 채 많은 세월을 지냈다.

그러다 보니 명문정파라는 말은 이미 희석된 지 오래였다.

모용인이 신이 난 듯 말을 이어 나갔다.

"그리고 오늘 마침내 천마신교의 고수를 만났네. 그것도 엄청난 고수를 말일세. 그자를 통해 천마신교와 연을 맺어 강호에 진출하는 것이지."

"그 수염귀신 말입니까?"

"그래. 무슨 사정상 잠시 요녕에 왔다고 하는데, 내가 보기엔 천마신교의 고위급 고수인 것 같네. 그만한 마기를 풍기려면 최소한 백 위권 내에는 들어가야 하지."

모용인의 말에 총관이 고개를 갸웃거렸다.

"하지만 그만한 고수가 수하들도 없이 요녕에 올 리가 없지 않습니까? 혹시 쫓겨난 고수 아닙니까?"

총관의 말에 모용인의 표정이 무언가에 맞은 듯 멍해졌다.

"그걸 미처 생각해 보지 못했군."

"예, 한 번 물어보셔야 할 겁니다."

어느새 총관의 눈도 빛나고 있었다.

웅크리며 조용히 지내던 세월은 끝날 것 같았다. 요녕에 박혀 있던 모용세가가 이제 강호로 비상하는 것이다.

"얼른 갔다 오겠네."

모용인이 손을 흔들며 급히 모습을 감추자 총관은 감격스런 표정으로 그 뒷모습을 바라보았다. 잠시 후, 총관이 중얼거렸다.

"가주님, 정말 대단하십니다. 그런 엄청난 망나니짓을 연기로 하실 수 있다니……."

총관의 주먹이 불끈 쥐어졌다.

"모용세가를 다시 일으키자. 암, 그렇고말고."

다시 돌아온 모용인이 자리에 앉더니 진중한 표정으로 독고천을 쳐다보았다.

술잔을 비우던 독고천이 그런 모용인을 마주 보았다.

갑자기 모용인이 머리를 푹 숙였다.

"독고 대협."

"말씀하시오."

독고천이 자연스럽게 말하자 모용인이 고개를 다시 들었다.

그의 눈에서는 흡사 화염이라도 불타오르는 듯 열정이 보였다.

"도와주시오."

"무엇을 말이오?"

독고천이 소채를 집어 먹고는 우물거렸다.

그러자 모용인이 침을 삼켰다.

"본 가는 몰락 직전이오. 그래서 우리는 본 가를 도와줄 세력을 찾고 있었소. 하지만 아무래도 요녕은 새외다 보니 그런 세력을 찾는다는 것이 쉽지 않았소. 또한 흑룡문이라는 자들이 항상 본 가의 계획을 방해해 왔소. 그런데 이렇게 독고 대협을 만난 것이오."

독고천은 아무 말 없이 술을 가득 채워 단숨에 들이켰다.

그렇게 두어 번 술을 들이마신 독고천이 술잔을 탁자에 올려놓았다.

탁.

독고천의 행동을 지켜보던 모용인의 눈동자가 흔들렸다.

"본 교는 악명이 매우 높소."

"알고 있소이다. 하나 상관치 않소. 내일모레 죽게 생겼는데 그놈의 정파라는 현판은 필요없소이다."

"본 교에게 이득이 생긴다면 귀가를 언제든지 내칠 수도 있소."

"상관없소. 지금 당장 도와만 준다면야. 그때는 본 가가 알아서 살아남아야 하지 않겠소?"

천연덕스러운 대꾸에 독고천이 모용인을 지그시 바라보았다.

잠시 침묵을 지키던 독고천이 고개를 끄덕였다.

"좋소. 서류를 가져오시오."

서류를 가져오라는 말에 모용인이 고개를 갸웃거렸다.

"무슨 서류 말이오?"

"본 교와 귀가의 동맹 서류 말이오."

독고천의 말에 그제야 모용인은 이해했다는 듯 고개를 끄덕였다.

"아, 알고는 있지만, 그건 독고 대협이 교로 돌아가셔서 상층부에 보고하신 후에……."

독고천이 고개를 내저었다.

"보고는 필요없소."

독고천의 단호한 말에 모용인이 의아한 표정으로 바라보았다. 그리고 설마 하는 표정이 모용인의 얼굴에 드러나기 시작했다

"서, 설마……?"

독고천이 무심히 고개를 주억거렸다.

"그렇소. 본인이 천마신교를 책임지고 있소."

*   *   *

 내총관의 머리는 하루하루 빠지고 있었다.
 교주가 실종된 지 어언 한 달이 넘었다.
 서류는 쌓여만 갔고, 그걸 처리하는 내총관 문장덕의 주름은 한 줄씩 늘어만 갔다.
 "내총관님."
 "들어와라."
 문장덕이 힘겹게 말하자 흑의사내가 조심스럽게 들어오더니 서신을 건네주었다.
 서신을 받은 문장덕이 고개를 갸웃거렸다.
 "이게 뭔가?"
 "교주님의 친필 서신입니다. 인장도 찍혀 있습니다, 내총관님."
 교주의 친필 서신이라는 말에 문장덕이 벌떡 몸을 일으키고는 서신을 읽어 내려갔다.

 내총관, 교주일세.
 나는 잘 지내고 있네. 자네도 잘 지내고 있겠지.
 다름이 아니라 요녕에 있는 모용세가와 동맹을 맺게 되었네.

서신 내에 동맹서를 동봉하니 잘 도와주게나.
그럼.

끝이었다.
"이게 끝인가?"
문장덕의 혹시나 하는 물음에 흑의사내가 고개를 끄덕였다.
"예. 서신 안에 모용세가와의 동맹서가 하나 있긴 했는데, 그걸 제외하고는 답니다."
"모용세가라니?"
문장덕이 어처구니없다는 듯 철푸덕 의자에 주저앉았다.
모용세가는 예전 강호오대세가에 꼽힐 정도로 강력한 세력을 자랑하던 명문정파였다.
물론 백여 년 전부터 쇠락하여 강호오대세가에서 쫓겨나고 이름이 잊혀지긴 했다.
심지어 사파와 손을 잡았다는 소문도 가끔 들려오긴 했다.
그래도 정파라는 현판이 여전히 달려 있는 세가였다.
그런데 천마신교와 동맹을 맺다니, 문장덕으로서는 전혀 이해가 가질 않았다.
자존심을 밥 먹는 것보다 중요시 여기는 자들이 바로 정파인들인 탓이다.

"이거, 진짜 맞나?"

그러나 서신 아래에 찍혀 있는 천마패(天魔牌)의 인장을 보아하니 진짜가 맞았다.

문장덕이 헛웃음을 지었다.

분명 모용세가와 합세를 한다면 요녕 쪽으로도 세력이 넓혀지는 셈이니 환영할 만했다.

그런데 정파라니.

그것도 명문정파였던 모용세가라니.

그것이 마음에 걸렸다.

"아니, 그나저나 언제 요녕까지 가셨대? 얼른 고수들을 요녕으로 파견하게. 더불어 교주님도 찾을 수 있으면 모셔 오고!"

"존명."

흑의사내가 밖으로 나가자 문장덕이 기가 찬 얼굴로 창문 밖을 내다보았다.

천마신교의 동맹 세력으로 명문정파였던 모용세가를 끌어들일 줄이야.

문장덕의 눈에는 점점 교주가 괴물로 보이기 시작했다.

"……능력도 좋으시네그려."

第四章
혈마신마(血魔神魔)

모용세가를 떠난 독고천은 흑산을 올랐다. 산세가 험하긴 했지만 독고천에게 그 정도는 아무렇지 않았다.
 어느 정도 산을 오른 독고천이 품 안에서 지도를 꺼내 들었다.
 지난 기간 동안 해석한 결과, 분명 그것은 흑산에 있었다.
 그러나 이 넓은 흑산 전역을 조사할 순 없었다.
 하지만 더 이상 지체하고 싶지도 않았다.
 그렇기에 움막에서 해석하던 짓을 그만두고 밖으로 나온 것이었다.
 겸사겸사 모용세가와 동맹도 맺고 말이다.

흑산을 쥐 잡 듯 뒤지던 독고천은 문득 무언가 이상한 점을 발견했다.

 낭떠러지 끝 부분에 폭포가 흐르고 있었는데, 미묘하게도 폭포가 일그러져 있었다.

 얼핏 보면 무심코 지나칠 만한 험한 곳이었고, 시선이 잘 안 가는 곳이기도 했다.

 독고천이 낭떠러지 부근에 다가갔다.

 역시였다.

 그곳에는 무언가 진법이 펼쳐져 있었다.

 그것이 살상진법이라면 까다롭겠지만, 환영진법이라면 간단했다.

 우선 들어가 보는 것이다.

 대게 진법에는 생문(生門)과 사문(死門)이 있었다.

 생문으로 들어가면 사는 것이고, 사문으로 들어가면 뼈를 묻어야 했다.

 그러나 절정고수들은 사문으로 들어간다 해도 무공으로 깨부수면 간단히 나올 수 있었다.

 독고천의 신형이 부웅 떠오르더니, 낭떠러지 부근에 튀어나와 있던 바위에 안착했다.

 가까이서 살펴보니, 폭포는 확실히 일그러진 채 떨어지고 있었다.

 독고천이 슬쩍 손을 내밀었다.

그 순간, 무언가 알 수 없는 힘이 독고천을 끌어당겼다.
 슈유육.
 바람 빠지는 소리와 함께 독고천은 어두컴컴한 공간으로 빠져들었다.
 그리고 한없이 아래로 떨어지더니, 어느 순간 어떤 초옥 앞에 이르러 있었다.
 그런데 이상하게도 내공을 끌어 올릴 수가 없었다.
 아니, 본신 진기인 붉은 마기는 연신 흘러나오고 있었지만, 단전에서 내공 자체를 끌어 올릴 수는 없었다.
 끼익.
 그때, 낡은 초옥에서 문이 열렸다.
 그러더니 백의를 차려입은 깔끔한 인상의 중년인이 초옥 밖으로 걸어 나왔다.
 그는 독고천을 바라보더니 잇몸을 드러내며 씨익 웃었다.
 "혈마 놈의 제자냐?"
 혈마라는 말에 독고천의 눈동자가 흔들렸다.
 "아니오."
 그러자 중년인이 성큼성큼 독고천에게 다가오더니 손목을 부여잡았다.
 독고천이 벗어나려 했지만 꼼작도 못했다.
 중년인이 독고천의 손목으로 자신의 진기를 뿜어냈다.
 순간, 엄청난 내공이 독고천의 몸을 연신 훑더니 순식간에 사라졌다.

 중년인이 고개를 끄덕였다.

 "혈마 놈의 제자는 아니군. 그런데 혈마 놈의 무공은 어디서 배웠느냐? 거기다 마룡지체라니. 독특한 놈이로구나."

 중년인의 말에 독고천의 눈이 동그랗게 떠졌다.

 "어떻게 알았소?"

 "그야 네놈의 혈도가 마룡지체처럼 생겼으니 알았지, 이놈아."

 중년인은 생긴 얼굴답지 않게 나이 지긋한 노인 같은 말투로 쏘아붙였다.

 독고천이 몸을 일으켰다.

 "독고천이오. 귀하는 누구시오?"

 독고천이라는 말에 중년인이 고개를 주억거렸다.

 "흠, 밖에서 왔느냐?"

 "그렇소."

 독고천이 고개를 주억거리자 중년인이 피식 웃으며 밖을 손가락으로 가리켰다.

 "밖에서 네놈은 어느 정도냐? 강호십대고수에는 들 수 있느냐?"

 "강호팔대고수 말이오?"

 "그건 모르겠고. 하여튼 고수 축에나 끼느냐는 말이다."

중년인이 이죽거리자 독고천이 고개를 끄덕이며 답했다.
"어느 정도 고수 취급을 받고 있소."
독고천의 대답에 중년인이 인상을 찌푸리며 혀를 찼다.
"겨우 네놈이 고수라고? 에휴, 강호무림도 다 죽었구나, 다 죽었어."
중년인이 혀를 차며 고개를 내젓자 독고천의 얼굴에는 호기심이 떠올랐다.
중년인은 분명 무공을 지녔음에도 아무런 기척조차 느껴지지 않았다.
마치 흑막이 드리워진 것처럼 무언가에 가려진 채 보이지 않았다.
"귀하의 성함은 어떻게 되시오?"
"내 이름?"
중년인이 자신을 손가락으로 가리키며 되묻자 독고천이 고개를 끄덕였다.
그러자 중년인은 바위에 털썩 주저앉고는 별일 아닌 것처럼 지나가는 투로 말했다.
"장용진(張龍晉)이야, 장용진."
그 이름을 속으로 주억거리던 독고천이 순간 경악했다.
"귀하가 신마(神魔)란 말이오?"
"예전엔 그렇게 불렸지."
중년인이 별일 아니라는 듯 고개를 주억거렸다. 그러나

독고천은 경악을 감출 수 없었다.
 세인들은 항상 강호무림 이야기를 좋아했다. 그리고 고수들에게 명호를 붙여 주고 그들의 위명에 대해 떠들기를 좋아했다.
 그렇기에 강호팔대고수가 생겼으며, 절대오마가 생겼다. 그러나 강호에는 그들의 영역을 한참 벗어난 고수가 세 명이 있었다.

 검각의 역대 최고 검객이자 천하제일검(天下第一劍)이라 불리며 검 하나로 강호를 종횡하던 검신(劍神) 파종우.

 천하문의 태상 문주이자 천하제일권(天下第一拳)으로 강호를 진동시켰던 권왕(拳王) 패덕량.

 잔혹하고 자비 없는 손속으로 천하제일마(天下第一魔)라 불리며 강호무림을 피로 물들게 했던 신마(神魔) 장용진.

 그 세 사람을 일컬어 강호절대삼인이라 칭하며 강호는 그들을 경외시하였다.
 그러나 모두 강호를 등진 채 은거하며 각자 살아가고 있었다.
 심지어 강호에서는 그들이 모두 죽었다는 소문마저 돌

정도였다.
 그런데 그런 엄청난 고수 중 한 명이 진법 안에서 살고 있던 것이었다.
 특히나 신마 장용진은 괴팍한 성격 탓에 사문에서도 쫓겨난 후 정처없이 떠도는 낭인과도 같다고 알려져 왔다.
 그리고 오십 년 전부터 소식이 묘하더니, 아예 실종이 되어 버렸다고 알려진 고수였다.
 "귀하가 정말 신마 장용진이란 말이오?"
 "그래, 한때 그렇게 불렸지."
 "천하제일마라 불리던 그 장용진이란……."
 순간, 중년인의 주먹이 독고천의 얼굴에 꽂혔다.
 퍽!
 둔탁한 소리와 함께 독고천이 뒤로 날아가 널브러졌다.
 "크흑."
 오랜만에 느껴 보는 고통에 독고천이 얼얼함이 느껴지는 코를 만지작거렸다.
 붉은 코피가 흘러나왔다.
 중년인은 주먹을 가볍게 한 번 흔들고는 미소를 지었다.
 "했던 말 또 하게 하지 마라. 죽는다."
 동시에 엄청난 살기가 폭사되며 독고천을 감쌌다. 독고천은 내공을 끌어 올리려 했지만, 여전히 단전은 꼼짝도 하지 않아 맨몸으로 살기를 받아 낼 수밖에 없었다.

혈마신마(血魔神魔) 137

결국 내상을 입은 독고천이 피를 토했다.

"크흑."

그러자 장용진이 씨익 웃었다.

"내공을 못 끌어 올리겠지? 그러게 누가 마음대로 진법으로 들어오라고 했나. 이게 다 자연의 순리를 어겼기에 벌을 받은 것이지."

독고천이 고개를 갸웃거리며 장용진을 살펴보았다. 분명 내공이 실린 공격이 아니었다.

그런데 장용진의 주먹은 내공이 담긴 것보다 훨씬 더 강맹하게 느껴져 왔다.

"그건 어떤 수법이오?"

독고천의 물음에 장용진이 탄성을 내질렀다.

"호오, 한 수에 그걸 꿰뚫어 보다니?"

장용진은 바위에 털썩 주저앉더니 독고천을 유심히 바라보았다.

독고천이 소매로 피를 닦으며 몸을 일으켰다.

순간, 독고천이 몸을 휘청거렸다.

환골탈태를 겪으며 더욱 강해진 몸이 주먹 한 방에 무너진 것도 모자라 후유증이 들이닥친 것이다.

독고천이 장용진을 바라보았다.

순간, 서로의 시선이 얽혔다.

"선배, 그 방법 좀 알려 주시오."

"뭘 말이냐?"

"선배도 내공을 못 쓰는 것 같은데, 그런 데도 불구하고 선배는 굉장한 힘을 뿜어내었소. 그걸 가르쳐 달란 말이오."

무작정 가르쳐 달라는 독고천의 모습에 장용진이 어처구니없다는 듯 혀를 찼다.

그러나 곧 표정을 바꾸며 말했다.

"그래도 심지가 있는 놈 같구먼. 그래, 가르쳐 주면 나한테는 뭘 해 줄 건데?"

"뭐가 필요하시오?"

독고천의 질문에 장용진이 잠시 머뭇거리며 생각에 잠겼다.

그러나 사실 그에게 필요한 것은 없었다.

재물, 명예…… 한때 모든 것을 가진 그였다.

단지 이 빌어먹을 진법에서 하루라도 빨리 나가고 싶을 뿐이었다.

벌써 이곳에 갇힌 지 오십여 년이 흘렀다.

내공을 끌어 올릴 수만 있으면 간단히 진법을 찢어발길 테지만, 그럴 수가 없었다.

그리고 세월이 흐르며 굳이 단전에 있는 내공을 사용하지 않고도 몸을 강하게 하는 방법을 알아냈다.

그러나 그것을 알아내면 뭐 하는가.

강해진 기운으로 진법을 파훼하려 했지만, 진법과도 같은 기운인 듯 오히려 녹아들 뿐이었다.

홀로 강호를 독보했다.

사람 따위는 그립지 않았다.

그런데 초옥에서 오랜 기간 박힌 채 살다 보니 사람의 내음이 그리웠다.

"뭐, 굳이 필요한 건 없고……."

장용진이 말끝을 흐리자 독고천이 얼른 말해 보라는 듯 장용진을 바라보았다. 그러자 장용진이 잇몸을 내보이며 씨익 웃었다.

"……내 제자나 되라."

"헛소리하지 마시오."

독고천이 단호히 고개를 내젓자 장용진의 얼굴이 일그러졌다.

"왜 싫은데?"

"난 이미 스승이 있는 몸이오."

그러자 장용진이 이를 갈았다.

표정을 보아하니 새로운 스승을 모시라고 하면 당장에라도 욕을 퍼부을 듯한 기세였다.

"흠흠, 그럼 가르쳐 줄 테니 세상 얘기 좀 해 봐라."

"그거야 어렵지 않소."

그날 이후로 독고천은 하루하루 세상에 벌어진 일들을 장용진에게 들려주었다.

 장용진은 때로는 웃고, 때로는 화를 냈으며, 때로는 청승맞게 울기까지 했다.

 "……그러다가 우연히 교주가 되었소."

 "교주? 네가 지금 천마신교의 교주라고?"

 "어쩌다 보니 그렇게 되었소. 그런데 하루하루 서류에 인장이나 찍고 서류 뭉치에 시달려야 하니, 영 좋지 않소. 그렇다고 그만두기엔 이미 벌여 놓은 것이 있는 터라 그만두지도 못하고 있소."

 독고천이 투덜거리자 장용진이 미친 듯이 웃기 시작했다.

 "하하하! 정말 웃긴 놈이네. 교주가 되기 싫어하는 놈이 있다니. 그 최강의 세력이라는 곳의 교주 자리가 싫단 말이냐?"

 "무공 수련할 시간이 부족하오."

 독고천의 간단한 답에 장용진이 이해한다는 듯 고개를 끄덕였다.

 "그건 그렇지. 나도 어딘가에 얽매이기 싫어하는 놈 중 한 명이지. 그렇게 돌아다니다가 여기에 갇히게 되었고 말이야."

 장용진의 말에 독고천이 고개를 주억거렸다.

 "여기서 나갈 방법은 아예 없는 것이오?"

"있기야 하지. 하지만 진법 자체를 깰 방법이 없단 말이지. 내공만 돌릴 수 있다면 이딴 진법은 그냥 부숴 버렸을 텐데 말이지."

장용진이 아쉽다는 듯 입맛을 다셨다. 그러자 독고천이 입을 열었다.

"그건 나중에 생각해 보고, 이제 어떻게 내공을 돌리지 않고도 무공을 썼는지 설명해 주시오."

독고천의 말에 장용진이 힐끗거리더니 알았다는 듯 고개를 끄덕였다.

"흠흠. 얘기도 재미있게 들었겠다, 내가 친히 알려 주지, 후배."

장용진은 거창하게 분위기를 잡더니 헛기침을 했다.

"험험, 그건 바로 자연일세."

"자연 말이오?"

독고천의 되물음에 장용진이 맞다는 듯 고개를 연신 끄덕였다.

"그래. 자연의 기를 이용하여 무공을 쓴 것이지."

"그게 말이 되오?"

"나도 처음에는 말이 안 된다고 생각했지. 그런데 이곳에서는 내공을 끌어 올리지 못하잖아? 그리고 우린 기를 느끼는 것에 대해서는 매우 뛰어나고 말이야. 그렇지?"

독고천이 고개를 끄덕이자 장용진이 씨익 웃으며 나뭇잎

을 주워 들었다.

 "사실 자연의 기는 항상 주위에 있는데, 우리 단전에 있는 내공들이 그것을 느끼는 것을 방해한단 말이지. 자, 들어 봐라."

 독고천이 나뭇잎을 받아 들었다.

 그러자 나뭇잎에서 청량한 기운이 작게나마 흘러나오고 있었다. 독고천이 놀라며 나뭇잎을 유심히 살폈다.

 그 모습에 장용진이 실실 웃었다.

 "맞지? 그런데 그게 또 내공이 없으면 기를 못 느끼게 되잖나. 그러니 내공을 지니고 있으면서도 쓰지 못하는 상황에서만 자연의 기를 느낄 수 있더라고. 결국 무용지물이란 소리야. 빌어먹을."

 장용진이 나뭇잎을 짓밟으며 투덜거렸다.

 그러나 독고천은 그에 아랑곳 않은 채 조용히 나뭇잎의 기운을 느끼고 있었다.

 굳이 표현하자면, 녹색의 기운이 넘실거리는 것 같았다.

 그 모습에 장용진이 혀를 찼다.

 "백날 그래 봐야 아무것도 못 건진다. 그냥 나랑 여기서 말동무나 해라."

 독고천은 조용히 하라는 듯 손가락으로 입을 막았다. 장용진이 투덜거렸다.

 "이런 빌어먹을. 밖이었으면 넌 죽었다."

독고천이 조용히 나뭇잎을 살폈다.
 그 순간, 나뭇잎의 녹색 기운이 넘실거리며 어디론가 향하기 시작했다.
 독고천이 멍하니 녹색 기운을 쫓아가기 시작했다.
 녹색 기운은 초옥 뒤를 건너 수풀 쪽으로 향하고 있었다.
 그러자 장용진이 손사래를 쳤다.
 "힘없이 튕길 거다."
 하지만 독고천의 걸음을 멈추지 않았다.
 진법에 다다를 때쯤 장용진이 기대하는 눈빛으로 독고천을 바라보았다.
 '어떻게 널브러질까나.'
 그런데 장용진이 기대하던 일은 벌어지지 않았다.
 독고천이 쉽게 진법을 통과한 것이다.
 그 모습에 장용진의 입이 멍하니 벌어졌다.
 "이, 이게 도대체······."
 독고천이 나뭇잎을 땅에 내려놓고 뒤를 바라보더니 씨익 웃었다.
 "신마 선배도 많이 죽으셨소."
 장용진도 독고천을 따라 나뭇잎을 들고 밖으로 나왔다.
 장용진이 어이가 없는지 진법을 한 번 훑고 밖을 다시 훑었다.
 "허참."

장용진은 털푸덕 주저앉았다.
그러자 독고천이 장용진을 내려다보았다.
"왜 그러시오?"
"그냥 대충 십 년 정도 거기에 갇혀 있었는데 말이지, 내가 정말 바보같이 느껴진 것은 이번이 처음이야. 당장에라도 죽고 싶구만."
장용진이 허탈한 듯 중얼거리자 독고천이 씨익 웃으며 몸을 일으켜 주었다.
"그런 생각 마시오, 선배."
장용진이 힘없이 몸을 일으키자 독고천이 등을 툭, 쳤다.
"그게 인생이오. 그나저나 밖에 나왔으니 함께 논검이나 해 봅시다."
논검이라는 말에 장용진의 표정이 밝아졌다.
장용진은 한때 천하제일마라 불렸던 인물이다. 그런 그에게 있어 무공은 전부라 할 수 있었다.
의외로 장용진은 실제 대결보다는 논검을 매우 좋아했다.
사실 대결에서는 상대방들이 너무나도 쉽게 피를 흘리며 나자빠졌기 때문에 흥미를 느낄 수 없었다.
무공을 제대로 펼치기도 전에 상대방이 죽어 버리니 재미 자체가 없던 것이다.
그러나 논검에서는 얼마든지 자신이 펼치고 싶은 공격을 펼칠 수 있었고, 상대는 얼마든지 받아칠 수 있었다.

장용진이 씨익 웃으며 고개를 끄덕였다.
"논검 좋지."
그리고 이 년이 흘렀다.

* * *

"내총관님!"
자신을 부르는 소리에 문장덕이 힘겹게 고개를 들었다.
그의 얼굴은 더없이 피폐해져 있었고, 눈가에는 어두운 기운이 깊이 서려 있었다.
"무슨 일이냐?"
문장덕이 힘겹게 되묻자 흑의사내가 매우 기쁜 듯이 말해 왔다.
"교주님이 복귀하셨습니다!"
그 순간, 문장덕이 벌떡 일어섰다.
"교주님이?"
"예. 지금 본 교의 고수들이 도열한 채 교주님의 복귀를 환영하고 있다고 합니다."
팍!
문장덕의 신형이 창문을 꿰뚫었다.
창문이 박살 났지만 흑의 사내는 그 뒷모습에 씨익 웃을 뿐이었다.

'역시 내총관님이셔.'

문장덕은 멍하니 독고천을 바라보았다.
독고천의 의복은 해질 대로 해져 있었지만, 그의 몸에서는 여전히 붉은 마기가 넘실거리며 존재감을 알리고 있었다.
"교주님……."
"내총관, 오랜만이군."
독고천이 씨익 웃자 문장덕의 표정이 갑자기 일그러지기 시작했다.
"교주님, 말도 없이 사라지시고! 아니, 남아서 교주님에게 충성을 다하는 부하들을 당최 생각은 하시는 겁니까! 우리는 교주님이 실종되셨다는 생각에 비마대를 풀고, 심지어 역천악귀대도 풀어서 교주님의 생사를 찾아 헤맸단 말입니다! 우리는 하루하루 걱정하면서 교주님은 어디 계실까, 저기를 찾아보자! 우아아아! 없으시다! 다음을 찾아보자! 하면서 만날 하루하루 마음고생했는데 이렇게 멀쩡히 돌아오셨으니, 반갑군요……. 복귀하신 것을 축하드립니다, 교주님."
문장덕이 속에 있는 분풀이를 하다가 갑자기 정중히 부복하며 고개를 숙였다.
그러자 독고천이 문장덕의 어깨를 툭, 쳤다.

혈마신마(血魔神魔)

"미안하네."

그 한마디로 문장덕의 속병이 다 풀려 버리고 말았다.

문장덕은 흐뭇한 표정으로 고개를 주억거렸다.

'역시 교주님이 있으셔야 해.'

"자, 다들 들어가지."

독고천이 주위를 훑어보며 말하자 천마신교의 고수들이 밝은 얼굴로 고개를 끄덕였다.

드디어 천마신교의 지존이 돌아온 것이다.

* * *

단상에 앉은 독고천의 앞으로 많은 고수들이 부복해 있었다.

장로들은 물론, 내총관을 비롯해 긴 출타를 마치고 이번에 돌아온 외총관 등 천마신교의 기둥들이 한자리에 모였다.

독고천이 입을 열었다.

"내총관."

"예."

문장덕이 앞으로 나오자 독고천이 품속에서 서신을 꺼내 건네주었다.

문장덕이 서신을 받고는 고개를 갸웃거렸다.

"이게 뭡니까?"

"읽어 보게."

문장덕이 서신을 펴서 읽어 내려가기 시작했다. 그리고 시간이 지날수록 문장덕의 눈은 커져 갔다.

괴기한 주술과 뛰어난 무예를 자랑하는 서장의 포달랍궁(布達拉宮).

거친 무예와 독특한 병장기들로 유명한 몽고의 천산파(天山派).

무예를 펼치면 번개 같은 뇌력이 들린다는 무공을 자랑하는 뇌음사(雷音寺).

그 외에도 새외에서 한가락 한다는, 그러나 중원 진출에 실패한 문파들이 서신에 나열되어 있었다.

"교주님?"

문장덕이 떨리는 손으로 서신을 부여잡았다. 그의 눈동자는 주체할 수 없이 흔들리고 있었다.

"……설마?"

문장덕이 혹시나 하는 표정으로 독고천을 올려다보았다. 그러자 독고천이 고개를 끄덕였다.

"맞네. 본 교와 동맹을 맺은 문파들이네."

문장덕이 서신을 주위의 고수들에게 돌렸다. 고수들의 눈이 모두 경악으로 부릅떠졌다.

그들의 모습을 훑어보던 독고천이 입을 열었다.

"사실 다른 문파들과 더 동맹을 맺어야 하는데, 잠시 지나가는 길에 들른 것이네. 내일부로 또 출발할 예정이니 그렇게 알게나."

 독고천의 무심한 말에 문장덕이 떨리는 목소리로 물었다.
 "어떤 일을 계획하시는 겁니까?"
 그러자 독고천이 어깨를 들썩였다.
 "당연한 것 아닌가."
 독고천이 단호히 말을 이어 나갔다.
 "중원 일통이지."
 순간, 천마신교의 고수들의 경악에 물든 눈빛이 이내 흥분으로 바뀌었다.
 역대 교주들이 모두 시도는 했지만 성공하지 못한 천마신교의 과업이었다.
 그러나 이번에는 달랐다.
 천마혈전이란 내전을 오로지 일신에 지닌 힘 하나로 평정하고, 뛰어난 수완으로 새외의 문파들과 동맹을 맺고, 또 역대 최강이라는 혈마의 무공을 익힌 교주였다.
 그들의 눈에 중원 일통이라는 꿈이 펼쳐지기 시작했다.
 "그럼 난 다시 나갔다 오겠네. 알아서 잘들 챙겨먹게나."
 순간, 독고천의 신형이 사라졌다.
 고수들이 경악하며 주위를 두리번거렸다.
 그들 모두 독고천이 사라지는 것을 보지도 못했다. 아니,

독고천에게 시선을 주고 있었지만, 사라진 낌새조차 알아채지 못했다.
　고수들이 연신 고개를 내저으며 탄성을 토해 냈다.
　"역시 교주님이야."
　"중원 일통이라니."
　"꿈이 아닐 수도 있겠어."
　고수들이 연신 한 마디씩 떠들며 하나둘씩 자리를 떠났다.
　문장덕은 홀로 서신을 든 채 멍하니 독고천이 앉아 있던 단상을 바라보며 중얼거렸다.
　"……중원 일통."

　　　　　　　＊　　＊　　＊

　어둠이 깊게 내린 숲 속에서 욕설이 들려왔다.
　"닥쳐라!"
　중년의 느낌이 물씬 풍기는 완숙한 미를 뽐내는 홍의여인이 검을 휘둘렀다.
　강맹한 검풍이 휘날렸지만, 상대하는 노인은 실실 웃었다.
　노인의 앞니 중 하나는 빠져 있었으며, 누런 이가 번뜩였다.

혈마신마(血魔神魔)　151

"히히, 잔말 말고 본좌를 따라오거라."

노인이 히죽거리며 음란한 눈빛으로 홍의여인을 훑어보았다.

그러자 홍의여인이 이를 갈며, 옆에 있던 소녀를 뒤로 물러서게 했다.

"희란아, 뒤에 물러서 있어라. 음적의 무공이 낮지 않구나."

희란이라 불린 소녀가 겁먹은 듯 홍의여인의 뒤로 물러섰다.

"사부님……."

"나는 괜찮다. 방해가 되지 않도록 뒤로 물러가거라!"

홍의여인, 주연지의 외침에 설희란이 부들부들 몸을 떨며 뒤로 물러섰다.

순간, 노인의 시선이 설희란의 온몸을 이리저리 훑었다. 끈적한 노인의 시선에 설희란이 소름이 끼치는 듯 몸을 부들부들 떨었다.

노인이 침을 삼켰다.

"히히, 너도 얼른 이리 오거라. 환희라는 것이 무엇인지 보여 주도록 하마."

노인이 뭉툭한 검지를 까닥이며 히죽 웃었다. 그러자 주연지가 사자후를 터뜨렸다.

"갈!"

웅후한 내력이 퍼졌지만, 노인은 아무렇지 않은 듯 귓구멍을 후볐다.
"뭐지? 히히."
"네놈은 누구냐!"
주연지가 거칠게 묻자 노인이 자신을 손가락으로 가리키더니 실실거렸다.
"본좌를 구색노귀(究色老鬼)라 부르더군."
구색노귀 차기춘(借起春), 그가 누구던가.
중원 전역에 걸쳐 많은 부녀자들을 납치하여 정혈을 취한다는 음적이었다.
그러나 음적답지 않게 뛰어난 무공을 자랑하여 쉽사리 잡히지 않는 자였다.
보통 음적들은 채음보양술이나 방중술을 사용하여 내공을 흡수한다.
하지만 차기춘은 말 그대로 부녀자들의 정혈만을 취하는 음적이었다.
피를 마시는 음적이라니, 듣기만 해도 얼마나 섬뜩한가.
구색노귀에 대한 소문을 익히 들어 알았는지, 주연지의 얼굴이 시퍼렇게 변했다.
얼마나 뛰어난 무공을 지닌 고수인지, 그의 악행을 귀가 따갑도록 들은 주연지였다.
검을 잡은 주연지의 손아귀에 힘이 한층 더 가해졌다.

설희란은 차기춘의 이름을 듣고는 거의 절망에 빠져 있었다.

사부의 무공이 강하긴 하지만 세인에게 알려진 차기춘의 무공은 절정에 가까웠기 때문이다.

설희란의 몸이 떨리자 주연지가 슬쩍 그녀를 쓰다듬어 주었다. 그런 뒤 다정하게 말을 걸었다.

"희란아, 괜찮을 것이다. 사부가 너를 지켜 주마. 걱정하지 말거라."

차기춘이 혀를 날름거리며 실실 웃었다.

"그래그래, 실컷 떠들어라."

순간, 차기춘의 신형이 앞으로 쏘아져 나갔다. 주연지가 기겁하며 검을 휘둘렀다.

까앙!

주연지의 검과 차기춘의 독문 병기인 혈귀조(血鬼爪)가 부딪쳤다.

핏빛으로 물든 비조는 손가락마다 날카롭고 긴 날을 가지고 있어 보기에도 위협적이었다.

또한 날끝마다 독을 발라져 있어 스치기만 해도 치명적인 상처를 입을 수 있었다.

순간, 혈귀조가 비틀렸다.

갑작스런 반격에 주연지는 검을 놓칠 뻔했다. 그러나 곧바로 정신을 가다듬으며 뒤로 물러섰다.

그러자 차기춘이 만족한 듯 혈귀조의 날을 혀로 핥았다.

그 모습은 매우 기괴했고, 거기다 차기춘의 혀에서 나온 핏물이 혈귀조의 날을 따라 흐르며 공포를 더해 주었다.

설희란은 당장에라도 까무러칠 듯 부들부들 떨었다.

그에 주연지가 힘있게 말했다.

"괜찮다, 희란아. 괜찮아!"

순간, 차기춘이 신형을 날려 주연지의 검을 혈귀조로 강하게 내리찍었다.

까앙!

쇳소리와 함께 주연지가 검을 놓쳤다. 그러자 차기춘이 혀를 날름거렸다.

"어라? 검이 떨어졌네?"

주연지가 뒷걸음질치며 설희란을 보호했다. 차기춘이 여유롭게 휘파람을 불며 혈귀조를 휘둘렀다.

순간, 주연지의 상의가 찢겨 나갔다.

"헉!"

속살이 드러나자 주연지는 기겁하며 손으로 가리려 했다.

그러자 차기춘이 흐뭇한 듯 팔짱을 낀 채 주연지의 속살을 물끄러미 쳐다보았다.

주연지의 얼굴이 수치심으로 붉어졌다.

당장에라도 자결을 하고 싶었다.

하지만 제자를 살려야 했다.

혈마신마(血魔神魔)

제자라도 무사히 보내야 했다.
주연지는 때를 기다리고 있었다.
차기춘이 방심하며 다가오는 순간, 자신의 허벅지에 숨겨 놓은 비도가 차기춘의 목덜미를 내리찍을 것이다.
그러나 차기춘은 가까이 다가오질 않았다.
지척의 거리에서 연신 혈귀조로 주연지의 의복을 찢고 있었다.
혈귀조가 몇 번 허공을 가르자 주연지는 거의 나체나 다름없을 정도로 헐벗게 되었다.
차기춘은 그 자리에 주저앉고는 주연지의 몸을 감상하듯 고개를 이리저리 갸웃거렸다.
주연지의 사지가 분노로 떨렸다.
그런데 바로 그때였다.
실실 웃던 차기춘의 웃음이 멈추었다.
저 깊고 깊은 숲 속에서 흑의사내가 걸어오고 있었다.
이쪽으로는 시선조차 주지 않은 채.
그리고 지척에 다다랐음에도 불구하고 흑의사내는 관심이 없다는 듯 그냥 지나치려 했다.
순간, 주연지가 흑의사내와 눈이 마주쳤다.
그리고 주연지는 확신했다.
이 년 전 강호무림제일대회가 열린 소림 근처의 객잔에서 만난 그 흑의사내였다.

하도 강렬한 인상이었기에 아직까지 뇌리에 박혀 있을 정도였다.
 손금이 갈아 없어질 정도로 극한의 검술을 익힌 그 흑의 사내가 확실했다.
 "도, 도와주시오."
 주연지가 떨리는 목소리로 애처롭게 말해 왔다. 순간, 흑 의사내, 독고천이 주연지를 쳐다보았다.
 그리고 무표정한 얼굴로 자신을 쳐다보는 차기춘과 눈이 마주쳤다.
 차기춘이 인상을 찌푸리며 혈귀조를 흔들었다.
 "그냥 갈 길 가게, 젊은이."
 어둠은 많은 것을 보이지 않게 한다.
 그리고 그 어둠은 독고천의 몸에서 은은하게 흘러나오는 붉은 기운도 가리고 말았다.
 독고천이 걸음을 멈춘 채 바라보고 있자 차기춘가 이를 갈았다.
 "꺼지라 했네, 젊은이. 피를 보고 싶지 않으면 조용히 꺼지게. 이번엔 특별히 살려 줄 테니."
 독고천이 무심한 표정으로 오른손을 검집에 가져갔다.
 순간, 차기춘이 혈귀조를 들이대며 단호히 말했다.
 "만약 검을 뽑는다면 같이 죽여 주겠⋯⋯."
 철컥.

혈마신마(血魔神魔) 157

검이 검집에 들어가는 소리와 함께 독고천이 다시 발걸음을 옮기기 시작했다.

주연지는 그러한 독고천의 모습에 심장이 떨어지는 듯한 절망이 밀려옴을 느꼈다.

'하늘이 우리를 버리는구나.'

독고천의 뒷모습은 점점 멀어지고 있었다.

한데 이상하게도 차기춘은 아까부터 혈귀조를 든 채 아무 말도 없이 서 있을 뿐이었다.

순간, 주연지의 뇌리에 설마 하는 생각이 스쳐 지나가며 슬쩍 차기춘을 바라보았다.

눈도 깜박이지 않고 있었다.

숨도 쉬고 있지 않았다.

그리고 아까는 없던 자그마한 붉은 선이 차기춘의 목에 생겨 있었다.

주연지가 살짝 차기춘을 건드렸다.

그러자 차기춘의 목에서 머리가 분리되어 땅에 떨어졌다.

주연지와 설희란은 동시에 경악했다.

절정에 다다른 고수를 단 일 검의 쾌검으로 저세상에 보내 버린 것이었다.

"사, 사부님."

순간, 안도감으로 인해 긴장을 풀리자 혈귀조에 발라져 있던 독이 주연지의 몸속에 퍼지기 시작했다.

그 탓에 주연지는 비틀거리며 몸을 가누지 못했다.

설희란이 주연지를 부축하며 소리를 질렀다.

"대협! 대협!"

그 순간, 독고천의 발걸음이 멈췄다.

설희란이 눈물을 흘리며 애절하게 구걸하듯 외쳤다.

"제, 제발 사부님을 도와주세요! 어떤 일이든 할게요! 제발 도와주세요!"

독고천이 설희란에게 다가왔다.

주연지의 얼굴은 붉게 변해 있었는데, 독에 중독된 듯 목 부근이 시퍼랬다.

숨도 매우 거칠고 불규칙했다.

설희란은 연신 닭똥 같은 눈물을 흘리며 독고천을 올려다보고 있었다.

독고천과 설희란의 눈이 마주쳤다.

"어떤 일이든?"

독고천의 중얼거림과 같은 물음에 설희란이 잠시 망설였지만, 이내 단호하게 고개를 끄덕였다.

"네!"

독고천이 한 손으로 주연지를 어깨에 들쳐 멨다. 그리고 무심하게 고갯짓을 했다.

"가자."

* * *

"간단한 마비독이오. 치료를 끝냈으니 곧 정신을 차릴 것이오."

의원이 나가자 설희란이 한숨을 내쉬며 주연지를 바라보았다.

침대에 누워 있는 주연지의 얼굴은 여전히 창백했지만, 조금 전보단 훨씬 나아 보였다.

설희란이 벌떡 일어나더니 독고천에게 연신 고개를 숙이며 감사의 표시를 전했다.

"전 설희란이고, 사부님의 성함은 주연지예요. 다시 한번 목숨을 구해 주신 것에 대해 감사의 말씀을 드려요."

독고천은 고개를 살짝 끄덕였다.

그 모습에 설희란의 얼굴이 살짝 상기된 것은 착각이었을까.

"실례지만 목적지가 어디신지 여쭈어도 될까요?"

"광서성(廣西省)이오."

광서성이라는 말에 설희란이 눈이 빛났다.

"어머, 저희는 해남도로 가는 중인데, 같이 동행하시겠어요?"

설희란의 눈에서 알지 못할 기대감이 흘러나왔다.

그녀도 독고천에게서 흘러나오는 붉은 기운 정도는 알고

있었다.

 그러나 그것이 마기라고는 상상도 못하고 있었다. 마기는 보통 자색 빛이었으니 말이다.

 단지 극양의 무공을 익혀서 그런가 보다 생각 중이었던 것이다.

 그러나 그런 그녀의 내심과는 달리 독고천은 냉정하게 고개를 내저었다.

 "동행은 필요없소."

 단호히 말한 독고천이 몸을 일으켰다.

 그러자 설희란이 갑자기 독고천의 바지 자락을 부여잡으며 흐느꼈다.

 "제발 부탁드려요. 사부님도 몸이 편찮으시고 해남검파(海南劍派)에 가기 위해선 너무나도 멀단 말이에요."

 해남검파라는 말에 바위와도 같이 묵직하던 독고천의 눈이 살짝 흔들렸다.

 "해남검파라고 하셨소?"

 "네, 그래요. 제 사부님이 해남검파의 제자예요."

 해남검파는 구파일방의 말석을 차지하는 명문정파였다. 하지만 해남검파인들의 날카로운 검술은 과소평가된 면이 없잖아 있었다.

 아무래도 변방이다 보니 그들의 위명이 잘 들려오지 않은 탓도 컸다.

독고천이 속으로 중얼거렸다.
'해남검파와는 은원이 있지.'
잠시 생각에 잠겨 있던 독고천이 생각을 정리한 듯 눈을 떴다.
설희란이 눈동자를 빛내며 그런 독고천을 바라보고 있었다.
독고천이 고개를 끄덕였다.
"좋소. 난 독고천이오."
독고천이 처음으로 자신의 이름을 말하자 설희란이 이름을 속으로 되새겼다.
'독고천, 독고천…… 멋진 이름이네.'
그리고 살짝 상기된 채 피식 웃었다.
'내가 지금 무슨 상상을 하고 있는 거람.'
고개를 거칠게 내젓던 설희란이 눈을 떴다.
독고천은 가부좌를 튼 채 운공을 하고 있었다.
그 모습에 설희란의 가슴이 다시금 두근거리기 시작했다.
자신이 꿈꿔 오던 잘생기고 멋진 사내는 전혀 아니었다.
하지만 왠지 모르게 그를 볼 때마다 설레는 마음을 감출 수가 없었다.
그녀도 무인이었기에 강한 자에게 끌리는 것은 당연지사인지도 몰랐다.
설희란이 독고천의 얼굴을 지그시 바라보았다.

'자세히 살펴보니 괜찮네.'

순간, 설희란이 자신의 손으로 자신의 뺨을 찰싹찰싹 때리며 고개를 내저었다.

'그만! 그만!'

한숨을 내쉰 설희란이 자신의 실책을 깨닫고는 슬쩍 독고천을 흘겨보았다.

다행히 독고천은 운공에 빠져 있었다.

그때, 주연지가 신음을 내며 눈을 떴다.

"으으, 희란아."

"사부님!"

주연지가 주위를 두리번거렸다.

"여기가 어디냐?"

"의원이에요, 사부님."

설희란이 주연지의 손을 마주 잡고는 다행이란 표정으로 주연지를 살폈다.

주연지가 주위를 두리번거리다 운공 중인 독고천을 발견했다.

그러자 설희란이 고개를 끄덕였다.

"네, 독고 대협이 구해 주셨어요."

"하늘이 도왔구나, 하늘이 도왔어."

주연지가 안도의 한숨을 내쉬며 눈을 살며시 감았다.

"다친 곳은 없느냐?"

주연지의 다정한 물음에 설희란이 방긋 웃으며 고개를 끄덕였다.
"네, 다행히 없어요."
"그나저나 저분은 어찌 여기 계시는 거냐?"
주연지가 독고천을 바라보며 묻자 설희란이 조용히 귓가에 입을 가져다 댔다.
그리고 속삭였다.
"제가 부탁해서 광서성까지 같이 동행하기로 했어요, 사부님."
순간, 주연지가 무심히 설희란을 쳐다보았다.
그러자 설희란은 딴청을 부리며 고개를 돌렸다. 그 모습에 주연지가 피식 웃었다.
"저분이 마음에 든 게냐?"
순간, 얼굴이 붉게 변한 설희란이 크게 손사래를 쳤다.
"무슨 소리를 그렇게 하세요! 절대 아니에요!"
"그렇구나. 절대 아니구나."
주연지가 활짝 미소를 지으며 고개를 주억거리자 설희란이 부끄러운 표정을 지으며 고개를 푹 숙였다.
주연지는 그런 설희란을 사랑스럽게 쳐다보았다.
'희란이도 다 컸구나.'
머리를 양쪽으로 땋은 채 제자로 들어왔던 때가 엊그제 같은데 벌써 숙녀가 되었다.

'이제 시집갈 나이지.'

보통 여인이라면 충분히 시집을 가고도 남을 나이였다.

무가의 자식이기에 나이는 별로 고려 대상이 아니었지만, 제자가 사랑하는 사람이 생긴다면 놓아줄 마음도 얼마든지 있었다.

예전 자신도 사랑에 상처를 입었기에, 그 점에 대해선 확실히 해 줄 수 있었다.

주연지가 슬쩍 독고천을 흘겨보았다.

잘생긴 미남은 아니었지만, 믿음직하고 사내다웠다. 무엇보다 끝이 보이지 않은 강함이 있었다.

무가의 여식이라면 그 누구라도 빠져들지 않을 수 없을 것이다.

때마침 독고천이 운공을 끝낸 듯 눈을 뜨고 있었다.

순간, 설희란의 눈동자가 연신 의원 안을 훑으며 어쩔 줄 몰라 했다.

주연지는 상체를 일으키며 독고천에게 포권을 했다.

"대협, 구해 주셔서 정말 감사드립니다."

"새 옷을 입는 게 나을 것 같소만."

독고천의 무심한 말에 주연지가 자신의 상체를 내려다보았다.

"헛!"

주연지가 놀라며 이불로 상의를 가렸다.

찢어진 의복 때문에 속살이 그대로 노출된 것이다.
설희란도 그제야 깨달았는지 밖으로 뛰쳐나가며 말했다.
"의복 사 올게요, 사부님!"
설희란이 나가자 의원 안에는 고요함이 흘렀다.
주연지가 조심스럽게 입을 열었다.
"독고 대협, 성함이 어찌 되시는지요?"
"독고천이오."
순간, 주연지의 머리가 바쁘게 돌아갔다.
그러나 독고천이라는 이름은 그녀의 기억에 없었다.
"실례가 되지 않는다면 한 가지 질문을 드려도 되겠습니까?"
독고천이 고개를 끄덕이자 주연지가 조심스럽게 물었다.
"극양의 무공을 익히셨습니까?"
"아니오."
독고천이 고개를 내젓자 주연지의 표정이 달라졌다. 추억을 되새기며 무언가를 갈망하는 눈빛이었다.
"그럼 천마신교의 고수십니까?"

第五章
해남검파(海南劍派)

"맞소."

순간, 주연지의 눈동자에서 기대라는 감정이 흘러나오기 시작했다.

"그럼 곽철당이라는 분을 아시는지요?"

사실 주연지는 여태까지 경황이 없어서 묻지 못하고 있었다.

이 년 전 객잔에서 보았을 땐 그의 몸에서 마기가 흘러나오지 않았다.

그렇기에 모르고 지나쳤는데, 이제 보니 그의 몸에서는 붉은 마기가 흘러나오고 있었다.

그리고 붉은 마기는 자신의 기억 속에 남아 있는 그분에게서도 흘러나온 정겨운 기운이었다.
"알고는 있소."
"친분이 있으신가요?"
주연지의 눈에서 희망 어린 눈빛이 느껴졌다.
독고천이 고개를 내저었다.
"친분은 없소."
그러자 주연지가 실망한 듯 한숨을 내쉬었다. 그러나 곧바로 다급히 질문해 왔다.
"그분의 무공을 익히셨나요?"
"그런 셈이오."
긍정의 대답에 주연지의 얼굴에 생기가 돋기 시작했다.
"그분에 대한 작은 소식이라도 알 수 있을까요?"
독고천이 고개를 내젓자 주연지의 얼굴이 실망으로 가득 찼다.
잠시간의 침묵이 의원 안을 맴돌았다.
곧 주연지가 침묵을 깼다.
"사실 좀 오래되었지요. 제가 어릴 때였어요. 투박한 모습의 청년이 본 파에 손님으로 방문했지요. 그리고 본 파의 장문인과 몇 번 겨루고는 그 무공을 인정받아 본 파의 객무인(客武人)으로 지내게 되셨어요. 본 파에는 객무인이라는 것이 있는데, 매우 친분이 두터운 분들이 객무인으로 계시지요. 장문인께서는 그 청년을 마음에 들어 하셨어요."

잠시 주연지가 말끝을 흐렸다.

어느덧 그녀의 뺨은 붉게 상기되어 있었다.

"……사실 저도 그분이 마음에 들었지요. 하지만 그분과 저의 나이 차이는 많이 났고, 저를 여인으로 봐주지 않았답니다. 벌써 몇 십 년이 흐른 지금이지만, 아직도 그분이 아른거리네요. 원래 이런 얘기를 하는 성격이 아닌데, 그분과 인연이 닿아 있다고 생각되는 대협을 보니 저도 모르게 그만……."

주연지는 문득 창피한 기분이 들었는지 입을 다물었다.

하지만 독고천이 개의치 않는다는 듯 고개를 내저었다.

"그럼 그 청년은 어디로 갔소?"

"쫓겨났어요."

"왜 쫓겨났소? 만약 그 청년이 곽철당 선배였다면 쫓겨날 실력이 아니었을 텐데?"

그러자 주연지가 잠시 망설였다.

사문의 치부를 얘기하기 힘들었던 것이다. 그러나 이내 결심을 내린 듯 입을 열었다.

"사실 본 파에서 그분을 마교도라고 부르며 쫓아냈지요. 본 파에 은혜를 주셨던 분인데도 말이죠. 대협께서는 본 파의 절기인 남해삼십육검을 아시나요?"

독고천의 눈동자가 살짝 흔들렸다. 그러나 곧바로 평정심을 찾으며 고개를 끄덕였다.

"알고 있소."
"그 검법을 훔쳤다는 죄목으로 그분을 쫓아냈어요. 사실 그분이 오히려 검법을 더욱 강맹하게 바꾸어 주셨는데 말이죠. 그분은 근처에 있는 남두파와도 친분이 있으셨는데, 어느 순간 남두파에서 남해삼십육검과 비슷한 검술을 쓰기 시작했지요. 그 이후로 본 파가 그분을 쫓아냈답니다."
"그건 곽철당 선배가 잘못했군."
독고천이 단호히 말하자 주연지가 동의한다는 듯 고개를 주억거렸다.
"그건 그래요. 하지만 증거도 없이 그분을 쫓아낸 것이죠. 그렇게 많은 은혜를 입어 놓고 말이에요. 그분은 쫓겨날 때 아무런 말씀도 안 하시고 그저 미소를 보이시며 떠났다고 해요."
말을 맺는 주연지의 눈에서는 그리움이 흘러나왔다. 잠시 조용히 먼 곳을 바라보던 주연지가 손사래를 쳤다.
"헤, 사문의 치부를 막 얘기하고 다니네요. 잊어 주세요."
주연지의 말에 독고천이 고개를 주억거렸다.
무언가 맞아떨어지는 듯했다.
해남검파에서 남해삼십육검을 익히게 된 혈마 곽철당이 친분있는 남두파의 누군가에게 자신이 개조한 검술을 가르쳐 준 것이다.

그리고 그 검술이 외부에 유출되자 해남검파는 그 범인으로 혈마를 지목한 것이었고 말이다.

예전에 보았던 혈마심득을 가지고 있던 중년인은 남두파의 인물 중 한 명이 분명했다.

그러나 중년인은 그것이 혈마심득인지는 꿈에도 몰랐을 것이다.

혈마에게 그냥 남해삼십육검을 개조했다고만 들었을 테니까 말이다.

'그렇다면 그때의 복면인들이 해남검파의 인물들일 수도 있겠군.'

순간, 주연지가 무언가를 깨달은 듯 독고천을 바라보았다.

독고천의 몸에서 옅은 붉은 마기가 흘러나오고 있었다.

"독고 대협."

독고천이 말하라는 듯 고개를 끄덕였다.

그러자 주연지가 무언가를 고민하는 듯하다가 힘겹게 입을 열었다.

"그럼 저희와 동행을 하시면 안 될 것 같네요. 아직 본파의 인물들 중 그분에게 이를 갈고 있는 분이 아직 많답니다. 그 일 이후로 남두파가 엄청나게 강대한 문파로 성장했거든요."

주연지의 걱정에 독고천이 어깨를 들썩였다.

"귀파의 제자들이 핍박할까 봐 나를 걱정하는 것이오?"

순간, 주연지가 멍한 표정을 지었다.

그 누가 이 극한의 검술을 익힌 검객을 이길 수 있을까. 또한 이자의 정체 또한 몰랐다.

천마신교의 고위직을 차지하고 있는 건지, 아니면 천마신교에 속하기만 한 건지 몰랐다.

흘러나오는 미약한 마기만 보아서는 그저 그런 무림인으로 여기겠지만, 보여 주었던 검술은 전혀 아니었다. 아니, 위험한 인물일 수도 있었다.

많은 생각이 주연지의 머릿속을 방방 뛰어다니자 주연지가 고개를 거칠게 내저었다.

'생명의 은인을 이렇게밖에 생각 못하다니. 정말 못되었구나, 나는.'

주연지가 한숨을 내쉬었다.

하지만 그녀의 생각은 당연한 것이었다.

무정강호라 불리는 곳에서 살아남기 위해선 어쩔 수 없었다.

주연지를 바라보고 있던 독고천이 벌떡 몸을 일으켰다.

"난 이만 가 보겠소. 몸 잘 추스르시오."

독고천이 나가 버리자 주연지는 아무 말도 하지 못한 채 뒷모습을 바라볼 뿐이었다.

그녀도 알고 있었다.

해남검파에 가게 된다면 쓸데없는 시비로 그를 괴롭히게 될 것이라는 것을 말이다.

뒤늦게 설희란이 숨을 헐떡이며 들어왔다.

손에는 단순한 차림의 청의가 들려 있었는데, 그녀는 주위를 두리번거렸다.

"사부님, 옷 사 왔어요. 그런데 독고 대협은 어디 가셨나요? 변소에 가셨나요? 언제 가셨나요?"

설희란의 질문에 주연지가 조용히 씨익 웃더니, 고개를 내저었다.

"가셨단다."

"네?"

설희란이 놀라 되묻자 주연지가 고개를 끄덕였다.

"혼자 가신다고 말씀하셨단다."

순간, 설희란의 표정이 급작스레 우울해졌다.

"힝, 왜 잡지 않으셨어요?"

설희란이 투정부리며 따지듯 묻자 주연지가 장난스럽게 말을 했다.

"허, 사부에게 감히 언질을 높이다니. 혼 좀 나야겠구나."

그러나 설희란은 여전히 뾰로통한 표정을 지은 채 투덜거렸다.

"그분을 또 언제 만난단 말이에요."

그러자 주연지가 어깨를 들썩였다.

"광서성으로 가신다고 하지 않았더냐. 그럼 우연히라도 다시 만날 수 있겠지."

주연지의 말에 설희란의 표정이 밝아졌다.

"정말 만날 수 있을까요?"

"인연이라면 만날 수 있겠지 않겠느냐."

인연이라는 말에 설희란이 무언가 감정이 복받치는 듯한 표정으로 고개를 주억거렸다.

주연지는 그런 설희란을 애정 가득한 눈빛으로 쳐다보았다.

* * *

깊은 산속을 홀로 걷던 독고천이 바위에 걸터앉았다. 그리고 주위의 땔감을 모은 후 손을 슬쩍 가져다 댔다.

화르르.

이내 불꽃이 타올랐다.

화염은 점점 몸집을 키우며 어둠을 밝혔다. 멍하니 불꽃을 바라보던 독고천이 슬쩍 고개를 들었다.

대장간에서 대충 만든 듯한 둔탁한 칼이 독고천의 얼굴 앞에 다가와 있었다.

녹의를 입은 세 명의 거한이 눈앞에 있었다.

독고천이 씨익 웃었다.

"그곳으로 가는 중이었는데 마침 잘되었군. 녹림도(綠林道)냐?"

녹림은 산적 소굴이었다.

한마디로 강호 전역의 산적들의 연합체와도 같았는데, 그중 광서성에 있는 녹림채(綠林砦)가 중심축을 담당하고 있었다.

그들은 녹림십팔채라 불리며 열여덟 개나 되는 산채를 가지고 있었는데, 단순한 산적들부터 무공을 익힌 산적들까지 매우 다양했다.

또한 일반 산적이라고 무시했다가는 큰코다칠 정도로 뛰어난 무공을 지닌 산적들도 있었다.

세 명의 거한이 순간 움찔거렸다.

날카로운 칼을 눈앞에서 보고도 웃고 있는 미친놈이었다. 위험한 느낌이 들었다.

"그, 그렇다면 어쩔 거냐! 죽기 싫으면 가진 것을 다 내놓고 꺼져라!"

세 거한 중 우두머리인 지춘두가 칼을 들이대며 위협했다.

그러자 독고천이 몸을 일으켰다.

척 보아도 산적질은 처음인지 칼을 쥐고 있는 손이 떨리고 있었다.

독고천이 무심히 말했다.

"어느 채에서 나왔느냐?"

"노, 녹림채다! 어쩔래!"

"녹림채라면 녹림십팔채의 대장 격인데, 너희 같은 자들도 녹림채에 속해 있단 말인가?"

독고천의 무시하는 듯한 발언에 거한들이 울컥했다.

"뭐, 뭐라고?"

순간, 지춘두가 흥분했는지 독고천의 가슴팍을 칼로 찔렀다.

하지만 곧 지춘두는 자신의 행동에 깜작 놀라며 칼을 떨어뜨렸다.

지춘두는 평생 동안 농사를 지으며 벌어 먹던 농민이었다.

가뭄 때문에 농사를 망치고 도둑들에게 재산이 털린 후 녹림에서 산적질을 할 수밖에 없었다.

물론 지춘두는 상황 판단도 뛰어났고, 어느 정도 외공에 소질이 있었다.

그렇기에 녹림채에서 하류 산적으로나마 뽑아 준 것이었고, 이번이 첫 산적행이었다.

하지만 분명 피와 살로 이루어진 사람의 가슴팍을 찔렀는데 칼끝이 깨져 있었다.

독고천의 가슴팍은 멀쩡했다.

그 모습에 지춘두를 비롯한 다른 거한들이 기겁했다.
"고, 고수다!"
"너희들 채주에게 안내해라."
독고천의 말에 지춘두가 황급히 고개를 주억거렸다. 그리고 뒤를 바라보더니 거한들을 툭, 치며 인상을 찌푸렸다.
'무림인인지 아닌지 알아봐야 할 거 아냐!'
'내가 그걸 어떻게 보냐. 이렇게 어두운데.'
'이런 떠그랄.'
지춘두는 독고천에게 시선을 돌려 환히 웃어 보이며 앞장섰다.
"저를 따라오시면 됩니다."

* * *

녹림채주(綠林砦主) 역칠우는 갑작스런 방문객에 입맛을 다실 수밖에 없었다.
붉은빛이긴 하지만 마기가 분명한 기운을 풀풀 풍기는 흑의사내가 앞에 앉아 있었다.
독고천이라고 자신을 밝힌 그자는 술을 홀짝일 뿐, 아무 말도 꺼내지 않고 있었다.
우선 천마신교의 고수인 것 같다고 해서 직접 대면을 했는데, 영 아니올시다였다.

'이놈, 정말 천마신교에서 온 놈 맞나?'

천마신교에서 온 것치고는 수하들도 없었고, 흘러나오는 마기도 형편없었다.

그러나 천마신교라는 이름이 주는 무게감을 볼 때, 도박은 위험했다.

만약 정말 독고천이라는 사내가 천마신교에서 온 것이라면, 녹림채는 하루아침에 지워질 것이 뻔했다. 물론 녹림십팔채가 동시에 덤벼든다면 어느 정도 버틸 수야 있겠지만, 십팔채를 어느 세월에 모은단 말인가.

그런 점에서 단일 세력인 천마신교는 최강이라 말할 수 있었다.

"험험, 왜 오셨는지 물어봐도 되겠소?"

역칠우가 헛기침을 하며 묻자 독고천이 술잔을 내려놓았다.

"동맹을 맺으러 왔다."

'왔다? 이놈이 말이 짧네.'

역칠우의 눈썹이 움찔했지만 애써 헛기침으로 표정을 고치며 되물었다.

"큼큼, 동맹 말씀이시오?"

독고천이 고개를 끄덕였다.

그러자 역칠우가 고민하는 듯 손으로 턱을 쓰다듬었다.

"어째서 천마신교 같은 거대한 문파가 녹림의 힘을 원하시오?"

"상대방에 수를 맞춰야 하니까."

"상대방이라면?"

"중원."

독고천은 담담하게 말했지만, 역칠우의 가슴은 철렁 떨어지는 듯했다.

"……방금 중원이라 하셨소?"

독고천이 당연하다는 듯 고개를 끄덕였다.

그러자 역칠우가 말을 더듬었다.

"아, 아니, 그러니까, 막 구파일방 다 있고, 오대세가 막 다 있는…… 그런 중원 말이오?"

독고천이 다시 고개를 끄덕이자 역칠우의 가슴이 크게 뛰기 시작했다.

'뭐, 이런 미친놈을 보았나.'

한마디로 중원을 상대로 전쟁을 벌이겠다는 속셈이 아닌가.

아니, 지금껏 그런 자들은 수없이 많았지만 성공한 자는 없었다.

모두 패배한 채 처참한 몰골로 강호 역사의 뒤안길로 사라져 갔다.

"지금 그게 말이 된다고 생각하시오?"

역칠우가 고개를 내저으며 단호하게 말하자 독고천이 품

속에서 서신을 꺼내 건네주었다.
 역칠우가 서신을 펼친 후 읽어 내려갔다.
 서신을 다 읽은 역칠우가 독고천을 올려다보며 물었다.
 "문파 이름들이 많이 적혀 있소만, 이게 도대체 뭐요?"
 "본 교와 동맹을 맺은 문파들이다."
 독고천의 대답에 역칠우의 눈동자가 경악으로 물들었다.
 역칠우가 급히 서신을 다시 읽어 내려갔다.
 거기에는 새외의 한가락 한다는 문파들이 모두 적혀 있었다. 심지어 명문정파라고 불렸던 모용세가의 이름마저도 적혀 있었다.
 "이, 이게 정말이오?"
 굳이 역칠우의 질문에 대답할 필요성을 느끼지 못한 독고천이 서신을 내밀었다.
 "동맹인가, 아니면……."
 순간, 독고천의 눈에서 무지막지한 살기가 뿜어져 나온 것은 역칠우만의 착각이었을까?
 역칠우는 식은땀을 흘렸다.
 "동맹은 맺겠소. 하지만 그전에 한 가지 부탁을 들어주시오."
 "어떤 부탁?"
 독고천이 무심히 묻자 역칠우가 자신의 품 안에서 서류를 꺼내 독고천에게 건네주었다.

그런 뒤, 역칠우가 입을 열었다.

"우리 녹림은 지금 해남검파와 싸우고 있는 중이오. 아직은 소모전에 불과하지만 점점 일이 커지고 있소이다."

"그런데?"

"해남검파를 해남도에서 지워 주든가, 아니면 다른 방법으로 우리에게 유리하게 해 주시오. 그렇다면 동맹에 가입하겠소."

녹림과 해남검파와의 갈등은 점점 깊어 갔다.

해남검파는 아무래도 섬에 위치해 있다 보니, 대륙으로 통하는 수단이 뱃길 외에는 없었다.

그러나 뱃길에는 녹림과의 동맹인 수로채(水路砦)가 있었다.

해남검파는 구파일방 하나인 명문정파로서 뱃삯을 내놓으라는 수로채와 당연히 시비가 붙었고, 수로채는 녹림에게 도움을 청했다.

그러다 보니 점점 투탁거리는 규모가 커지기 시작했고, 방파와 방파 간의 다툼으로 커질 위기에 처해 있었다.

규모로 보면 녹림이 한 수 위였지만, 해남검파 고수들의 무공은 결코 호락호락하지 않았다.

결국 누가 승자가 된다 해도 많은 피를 흘려야 했던 것이다.

그러나 이미 누군가 물러서기엔 너무나도 커진 판이었다.

하여 중재자가 필요했다.

녹림과 해남검파는 상대도 되지 않을 정도로 거대한 문파가 말이다.

그렇기에 독고천에게 건네준 서신에는 녹림의 피해 상황 등이 적혀 있었다.

"해남검파?"

"그렇소. 우리는 더 이상의 싸움을 원치 않지만 수익을 포기할 순 없소. 우리는 뱃길을 관리하고 있소. 만날 억지로 돈 뜯어먹는 자들로 보이겠지만, 우리도 합리적으로 하고 있단 말이오. 수로채에서는 항구를 관리하고, 그 관리비에서 약간 더 받는 것으로 통행료를 받소이다."

잠시 서신을 읽어 내려가던 독고천이 역칠우를 올려다보며 물었다.

"결국 원하는 것이 뭔가?"

"싸움을 중재하고 통행료를 받는 것이오."

"통행료 자체를 원하지 않아서 싸움이 일어난 것 같은데 말이지."

독고천의 말에 역칠우가 인상을 찌푸리며 고개를 끄덕였다.

"이 답답한 정파 놈들. 통행료를 내라는 말만 듣고 무작정 시비가 붙은 것이오. 의협에 어긋나는 행위라나 뭐라나. 이런 젠장."

쾅!

역칠우가 열이 솟는지 탁자를 내려쳤다.

"그러다 우리 형제들이 피를 보았으니, 우리도 공격하게 된 거고 말이오."

역칠우가 고개를 절레절레 내저었다.

잠시 역칠우를 바라보던 독고천이 서신을 갈무리하고 몸을 일으켰다.

그에 따라 역칠우도 몸을 일으키며 물었다.

"어디 가시오?"

"해남도."

순간, 독고천의 신형이 사라졌다. 그 모습에 역칠우가 한숨을 내쉬며 고개를 내저었다.

"빌어먹을 정도로 고수였군."

* * *

붉은 태양이 바다를 비추고 있었다.

푸른 바다 위에는 많은 배들이 떠 있었다.

남측에서 올라오는 배에는 깃발이 꽂혀 있었는데, 해남검(海南劍)이라는 글씨가 수 놓여 있었다.

그리고 청의를 차려입은 건장하고 피부가 까무잡잡한 사내들이 배 위에 서 있었다.

북측에서 내려오는 배에는 수로(水路)라는 깃발이 부대끼고 있었다.

녹의를 입은 우락부락한 거한들이 각자 병장기를 들고 상대측 배를 노려보고 있었다.

"녹림놈들, 또 나왔군."

해남검이라 쓰여진 배에 타고 있던 우두머리 중 한 명이 검을 뽑아 들었다.

그러자 다른 이들도 검을 뽑아 들고는 소리를 내질렀다.

"의협을 위해!"

"위해!"

순간, 배에 타고 있던 사내들이 모두 바닷속으로 뛰어들었다.

뛰어난 수공을 자랑하는 듯, 그들이 들어간 자리에서는 물이 튕기지도 않을 정도였다.

그들이 물속으로 들어가자 수로채의 배에 타고 있던 거한들도 몸을 던졌다.

청의사내들과 녹의거한들이 물속에서 서로를 노려보았다.

그러다 청의사내 중 우두머리가 검을 크게 휘두르며 앞으로 튀어나갔다.

이어 청의사내들이 수공을 펼치며 앞으로 미끄러지듯 쏟아져 나갔다.

녹의거한들도 그에 질세라 병장기를 휘두르며 앞으로 나아갔다.
그런데 그때였다.
바다 위에 둥둥 떠다니는 나무판자가 그들의 눈에 들어왔다.
청의사내들의 우두머리가 의아한 듯 올려다보고 있었는데, 순간 나무판자가 살짝 흔들렸다.
그리고 물속으로 흑의를 입은 사내가 자연스럽게 들어왔다.
신기하게도 사내의 몸에서는 옅은 붉은 기운이 흘러나오고 있었는데, 온몸을 둘러싸고 있었다.
흑의사내가 느릿느릿 검을 뽑아 들었다.
청의사내들과 녹의거한들은 흑의사내가 하는 행동을 지켜보며 의아한 듯 고개를 갸웃거렸다.
'해남검파 놈이냐?'
녹의거한의 눈동자를 읽은 청의사내가 고개를 내저었다.
'녹림 놈이냐?'
서로 아니라는 듯 고개를 내저었다.
순간, 검이 살짝 움직이는가 싶더니, 흑의사내의 주변이 일그러지기 시작했다.
그리고 곧바로 굉음이 울려 퍼졌다.
쾅!

한순간, 바닷물이 솟구쳤다.

"크헉!"

"으아아악!"

물속에 있던 사내들이 모두 허공으로 솟구쳤다. 허우적거리던 사내들이 각자의 배에 떨어졌다.

녹의거한들과 청의사내들은 각자의 배에 널브러진 채 신음을 터뜨렸다.

곧 바닷속에서 흑의사내가 천천히 올라오더니 나무판자 위에 올라섰다.

"녹림과 해남검파가 맞나?"

흑의사내의 무미건조한 질문에 대답할 정도로 멀쩡한 이는 아무도 없었다.

잠시 후, 청의사내들의 우두머리가 힘겹게 몸을 일으켰다.

"다, 당신은 누구요?"

녹의거한들의 우두머리도 몸을 부들부들 떨며 간신히 일어섰다.

"네, 네놈은 누구냐?"

그러나 나무판자 위에 올라서 있는 흑의사내는 고개를 내저었다.

"질문은 내가 먼저 했다. 녹림과 해남검파가 맞느냐?"

순간, 흑의사내의 몸에서 붉은 기운이 넘실거리더니, 곧

허공을 뒤덮기 시작했다.
 그러자 널브러져 있던 사내들이 내상을 입은 듯 피를 토하기 시작했다.
 청의사내들의 우두머리는 떨려 오는 다리를 힘겹게 부여잡고 있었다.
 "마, 맞소."
 우두머리의 말에 흑의사내의 붉은 기운이 감쪽같이 증발해 버린 듯 사라졌다.
 그제야 흑의사내가 나무판자에서 내려왔다.
 순간, 흑의사내를 바라보던 사내들의 입에서 경악성이 터져 나왔다.
 흑의사내는 물 위를 걷고 있었다.
 사술이라고 생각하고 싶었지만, 저것은 명백한 등평도수(登萍渡水)였다.
 아니, 등평도수를 뛰어넘는 경공이었다.
 등평도수는 무당의 유명한 경공술로, 물 위를 빠르게 걸을 수 있는 수법이었다.
 빠른 속도로 인해 물에 빠지지 않는 경공이었는데, 지금 흑의사내가 보여 주는 것은 차원이 달랐다.
 흑의사내는 천천히 한 걸음씩 걸어가고 있었다.
 무력답수(無力踏水)였다.
 전설의 경공술인 무력답수가 그들의 눈앞에서 펼쳐지고

있었다.

 그 순간, 사내들의 투지는 완전히 꺾이고 말았다.

 무력답수를 통해 걸음을 옮기던 흑의사내가 청의사내들의 배에 올라섰다.

 그에 우두머리가 움찔거리며 뒷걸음질쳤다.

 웬만한 고수라면 해볼 만할 텐데, 무력답수를 본 이후라 일말의 투지조차 사라진 터였다.

 흑의사내의 무심한 눈과 마주친 우두머리가 몸을 부르르 떨었다.

 흑의사내가 무심히 입을 열었다.

 "해남검파로 안내해라."

*　　*　　*

 물에 홀딱 젖은 청의를 입고 있는 사내들은 걸어가면서도 연신 뒤를 힐끗거렸다.

 그 뒤에는 흑의사내가 느긋하게 걸어오고 있었다. 그 옆에는 청의사내들의 우두머리인 부양진이 있었다.

 부양진의 눈동자는 가만히 있질 못했다.

 '도대체 이자는 누구지? 이자를 본 파로 안내하는 것이 과연 잘하는 짓일까? 만약 본 파에 은원이 있다면? 하지만 아무도 해치지 않은 것을 보면 은원이 있다고는 보여지지

않는다. 그렇다고 녹림 쪽 사람이라 보기엔 무리가 있고. 도대체 이자의 정체는 뭐지?'

얼마나 지났을까.

곧 거대한 전각이 눈에 들어오기 시작했다.

해남검파(海南劍派).

묵직하면서도 가벼운 듯 표홀한 필체로 쓰여져 있는 현판이 그들을 반겼다.

"이곳이 본 파요."

"장문인에게 안내해 주었으면 좋겠군."

흑의사내의 말에 부양진이 고개를 내저었다.

"아직 우리는 귀하의 정체조차 모르오. 그러니 장문인은 귀하를 만나 주지 않을 것이오."

"천마신교에서 왔다고 알려라."

천마신교라는 말에 사내들의 눈이 경악으로 물들었다.

붉은 기운을 보고 설마라고 생각은 했지만 진짜 천마신교의 고수일 줄이야.

순간, 해남검파의 제자 중 한 명인 이덕운이 검을 뽑아 들었다.

"감히 마교 놈이 여기가 어디라고 감히 찾아온 것이냐!"

이덕운은 뛰어난 검객으로, 부양진보다 한 단계 격이 높은 이였다.

 장문인을 부르러 가던 부양진이 문뜩 걸음을 멈추었다.

 물론 말도 안 되는 신위를 보았긴 했지만, 이제 보니 거짓일 수도 있다는 생각이 불현듯 들었다.

 솔직히 무력답수가 아무나 펼칠 수 있는 신법은 아니었다.

 더군다나 처음 보는 사내가 갑자기 천마신교의 고수라며 장문인을 부르라고 해서 달려가던 자신이 문뜩 부끄러워졌다.

 부양진은 이덕운의 뒷모습을 바라보며 속으로 중얼거렸다.

 '사형, 힘내시오.'

 이덕운이 검을 뽑아 들자 독고천이 무심히 부양진을 바라보았다.

 부양진은 애써 시선을 회피했다.

 그러자 독고천이 알았다는 듯 고개를 끄덕였다.

 "아, 내 무공이 가짜일 수도 있다는 생각을 한 건가? 그래서 시험하기 위해서 또 다른 놈을 내세운 것일 테고 말이야."

 순간, 독고천의 눈이 빛났다.

 그와 동시에 독고천의 온몸에서 붉은 마기가 흘러나왔다.

 허공을 뒤덮은 붉은 마기가 이내 이덕운의 검을 휘감기

시작했다.
 이덕운이 급히 검으로 마기를 쳐 냈다.
 그러나 잘렸던 마기가 다시 뭉치며 이덕운에게 다가가기 시작했다.
 이덕운이 기합성을 내지르며 검을 휘둘렀다.
 검에서 푸른빛이 뿜어져 나오며 붉은 마기를 하나둘씩 잘라 내기 시작했다.
 독고천은 팔짱을 낀 채 이덕운이 검을 휘두르는 모습을 살폈다.
 그 모습에 이덕운이 울컥했다.
 "네 이놈!"
 이덕운의 신형이 쏘아져 나가며 독고천의 목을 찔러 갔다.
 한데 독고천은 언제 들었는지 모를 나뭇가지로 칼날을 걷어냈다.
 깡!
 이덕운의 신형이 무너졌다.
 곧바로 독고천이 나뭇가지로 이덕운의 어깨를 내리찍었다.
 이덕운은 비명을 내지르며 어깨를 부여잡았다.
 그러자 독고천의 나뭇가지가 이덕운의 무릎을 내려쳤다.
 빠직!

이덕운의 무릎이 너무나도 손쉽게 박살 났다.
나뭇가지가 움직일 때마다 이덕운의 뼈가 하나둘씩 부러지고 있었다.
그 모습을 바라보던 부양진이 눈을 질끈 감으며 소리쳤다.
"그, 그만! 장문인을 불러오겠소!"
부양진이 허겁지겁 안으로 뛰어 들어갔다.
부양진의 모습을 본 많은 해남검파의 제자들이 인사를 해 왔지만 무시해 버렸다.
허겁지겁 달려가던 부양진이 이윽고 장문인실 앞에 섰다. 한동안 거친 숨을 몰아쉬며 마음을 진정시킨 부양진이 천천히 입을 열었다.
"장문인, 부양진입니다."
"들어오게."
부양진이 문을 열고 들어가자 의자에 중년인이 앉은 채 차를 홀짝이고 있었다.
날카로운 인상을 지닌 중년인은 매우 호리호리했다. 허리춤에는 고검이 매달려 있었고, 손은 매우 투박해 보였다.
또한 해남도의 주민답게 매우 까무잡잡한 피부를 지니고 있었다.
중년인이 천천히 물어 왔다.
"그래, 이번에는 어찌 되었나?"

"승부가 나질 않았습니다, 장문인."

"그게 무슨 말인가? 피해 상황은?"

장문인이 묻자 부양진이 고개를 내저었다.

"중간에 어떤 자가 끼어들어서 싸우지 않았습니다. 그리고 그자가 지금 본 파의 문앞에 와 있습니다, 장문인."

"무슨 일 때문에 왔다고 하던가?"

"그것은 모릅니다. 무력답수를 보여 준 자입니다. 그리고 천마신교에서 왔다고 합니다. 단 일검에 저희와 녹림 패거리의 투지를 꺾은 자입니다."

부양진이 횡설수설거리며 말했지만, 장문인은 이해했다는 듯 고개를 주억거렸다.

"무력답수, 일검, 그리고 천마신교라……"

전혀 어울리지 않는 세 개의 단어를 중얼거리던 장문인이 자리를 박차고 일어섰다.

"안내하게."

부양진이 고개를 숙였다.

"예."

* * *

"설두장이네."

장문인이 자신의 이름을 소개하자 흑의사내가 고개를 까

닥였다.

"독고천이오."

건방진 모습에 장문인의 주위에 있던 사내들이 울컥했지만, 설두장이 손사래를 쳤다.

폭뢰검(爆雷劍) 설두장이 누구던가.

한때 포악하고 괴팍한 성격과 손속으로 정파인들조차 두려움에 떨게 한 괴인이었다.

하지만 나이를 먹어 가며 그 누구보다도 자비를 실천하는 중년의 고수였다.

설두장이 신음을 터뜨리고 있는 이덕운을 내려다보았다.

"자네가 한 건가?"

독고천이 고개를 끄덕였다.

그러자 설두장이 한숨을 길게 내쉬었다.

"이유를 알 수 있겠나?"

"대뜸 마교 놈이라고 소리치며 덤벼들었소만."

설두장이 사실이냐며 쳐다보자 부양진이 고개를 푹 숙였다.

그러자 설두장이 알겠다는 듯 고개를 끄덕였다.

"얼른 덕운이를 치료해라."

부양진이 신음을 터뜨리던 이덕운을 업고 급히 구석으로 모습을 감췄다.

그 뒷모습을 바라보던 설두장이 무심히 독고천에게 물

었다.
 "그나저나 독고천이란 이름은 처음 들어보네만. 어떤 직함을 가지고 있는가?"
 그러자 주위의 시선이 독고천의 입에 집중되었다. 천마신교에서 온 자치고는 수하들도 없었고, 몸에서는 옅은 마기를 풍기고 있었기 때문이다.
 기껏 해 봐야 정보 조직에 속해 있거나 군사 쪽 인물이라는 판단이었다.
 그러나 독고천의 입에서 나온 말은 그들을 경악에 빠뜨렸다.
 "천마신교를 책임지고 있소."
 순간, 설두장이 잠시 멍한 표정을 짓다가 정신을 차렸다. 그러고는 조심스럽게 물었다.
 "……그 말은 자네가 교주라는 말인가?"
 "그렇소."
 "음……."
 설두장은 침음성을 내뱉었다.
 아무리 천마신교에서 왔다고 해도 어정쩡한 놈이라면 쥐어 패서 쫓아내면 그만이었다.
 본 파를 무시했다든가 하는 이유로 말이다.
 또 그런 시답잖은 이유로 천마신교 전체가 움직일 리도 없으니 말이다.

그런데 지나치게도 커다란 거물이 오고 말았다.

천마신교의 교주라니.

설두장을 비롯한 해남검파 제자들의 입이 굳게 닫혔다. 아직도 혼란스러운지 설두장은 쉽사리 말을 꺼내지 못했다.

그렇게 잠시 고민하던 설두장이 힘겹게 입을 열었다.

"이 일은 여기서 논할 것이 아닌 것 같군. 회의장으로 자리를 옮기세."

독고천이 고개를 끄덕이며 설두장의 뒤를 쫓았다.

설두장을 비롯해 몇 명의 제자가 회의장에 들어섰고, 그 뒤로 독고천이 따라 들어왔다.

회의장 문을 손수 닫은 설두장이 물었다.

"본 파에 방문한 이유가 무엇인가?"

"녹림과 다투고 있다고 들었소. 녹림과의 다툼을 중단하고 서로 합의를 보았으면 하는 바람이오."

독고천의 말에 설두장이 고개를 주억거렸다.

설두장도 쓸데없는 다툼이 길어지는 것을 원치 않았다.

또한 방파 대 방파의 싸움으로 번지게 된다면 많은 피를 볼 것이 확실했다.

그건 해남검파와 녹림 모두 원하는 방법이 아니었다.

설두장이 물었다.

"그럼 그 조건은 무엇인가?"

"귀 파에서 통행료를 내는 것이오."

독고천의 말에 설두장이 고개를 내저었다.

"그건 본 파의 의협과 어긋나는 행위이네."

"귀 파의 의협이 무엇이오?"

독고천의 물음에 설두장이 눈썹을 꿈틀거리며 말했다.

"우리는 단지 대륙으로 향하는 뱃길을 사용할 뿐이네. 그런데 통행료를 내라니? 바다가 녹림의 것이라도 된단 말인가?"

"녹림 측에서는 항구를 관리하는 비용이 든다고 하였소. 그리고 그 비용보다 약간 더 얹은 통행료를 제시했다 하오만."

그러자 설두장이 옆을 바라보았다.

옆에는 해남검파의 총관이 있었는데, 그가 고개를 끄덕였다.

"예, 맞습니다. 녹림 측에서 그렇게 제안을 해 왔습니다."

항구를 관리하는 데 비용이 얼마나 드는지는 해남검파도 잘 아는 바였다.

솔직히 말하자면, 구미가 당기는 제안이었다.

항구를 직접 관리하기에는 돈이 너무나도 드니 말이다.

그러니 녹림의 제안을 받아들일 수도 있는 노릇이었지만, 이미 피를 본 것이 문제였다.

그렇기에 서로 자존심상 먼저 휴전을 제안할 수가 없던

것이다. 세인들이 보기엔 멍청하고 어리석은 행동이었지만, 강호에선 그것이 당연했다.

강호에서 빌어먹고 사는 자들에겐 목숨보다 소중한 것이 바로 자존심이었으니 말이다.

그런데 그때였다.

갑자기 회의장으로 홍의를 입은 소녀가 들어섰다.

"아버지!"

설두장이 놀란 눈으로 홍의 소녀를 보았다.

"희란아, 벌써 온 것이냐?"

"그게 중요한 게 아니에요!"

설희란의 뾰족한 외침에 설두장이 움찔거렸다. 늦은 나이에 얻은 딸이었기에 항상 잘해 주고 원하는 것은 모두 들어주었다.

한마디로 설두장은 딸을 애지중지하는 딸바보였다.

그런 설희란이 성큼성큼 회의장 안으로 들어오더니 설두장 옆에 섰다.

그리고 슬쩍 독고천을 흘겨보더니 볼이 살짝 상기되었다.

설희란이 헛기침을 했다.

"독고 대협은 저와 사부님의 생명을 구해 주신 은인이세요. 무조건 따르세요."

순간, 설두장을 비롯한 모든 해남검파 사람들의 표정이 일그러졌다.

다들 이게 무슨 귀신 씨나락 까먹는 소리란 말이냐는 듯한 표정이었다.
"희, 희란아, 이 자리는 네가 낄 곳이……."
"구색노귀 차기춘을 아세요?"
희대의 음적의 이름이 나오자 모두들 고개를 끄덕였다.
구색노귀는 해남도까지 알려질 정도로 악명이 높았던 것이다.
순간, 설두장의 몸이 부들부들 떨렸다.
"서, 설마 그놈이 너를 어찌한 것이냐?"
"그런 거 아니니까 조용히 좀 있어요."
설희란의 외침에 설두장이 움찔거렸다. 그러자 설희란이 만족한 듯 말을 이어 나갔다.
"여기 있는 독고 대협은 구색노귀 차기춘으로부터 저와 사부님을 구해 주신 은인이세요."
그러자 설두장이 놀란 듯 독고천을 바라보았다.
사실이냐는 의미 같았다.
그러자 독고천이 고개를 끄덕였다. 그러자 설희란이 다시 말을 이어 나갔다.
"아무런 대가도 받지 않고 그냥 사라지셔 섭섭했는데 이렇게 본 파를 방문해 주시니, 이건 인연이라고 생각해요. 그러니 본 파에서는 독고 대협의 말을 들어주었으면 좋겠어요."

어느새 회의장으로 들어온 주연지가 흐뭇한 미소를 지으며 고개를 끄덕였다.

처음에 해남검파에 도착했을 때, 천마신교에서 누군가 방문했다는 소식을 듣고 설마 했다.

그러나 정말 자신들을 구해 주었던 독고천이었고, 녹림건 때문에 방문했다는 것을 알게 되었다.

설희란이 아무리 말괄량이라 해도 문파의 대소사에는 끼어들지 않았다.

하지만 이번만큼은 끼어들어야 한다고 스스로 확신했다.

평상시라면 말괄량이 설희란을 막았을 테지만, 주연지도 이번만큼은 찬성하고 말았다.

설두장은 딸인 설희란의 말에는 끔뻑 죽으니 말이다.

설희란의 일까지 겹쳐지자 설두장은 못내 져 주는 척 고개를 끄덕였다.

어차피 자존심 문제였는데 독고천이 자신의 딸을 구해 준 생명의 은인이라고 하니, 굳이 숙이고 들어간다는 느낌이 없던 것이다.

설두장이 이내 포권을 해 보였다.

"딸을 구해 줘서 고맙네."

독고천이 별일 아니라는 듯 고개를 끄덕였다.

그러자 설두장이 조심스레 권했다.

"이것도 인연인데, 잠시 머무르다 가게나."

그러자 설희란의 표정이 밝아졌다.
설희란은 한껏 기대된 표정으로 독고천의 대답을 기다렸다.
그러나 독고천이 단호히 고개를 내저었다.
"할 일이 있어서 일찍 가 봐야 하오. 통행료에 대한 서류를 작성해서 내게 건네주면 직접 처리하겠소이다."
설두장이 아쉬운 듯 한숨을 내쉬더니, 서류를 작성하기 시작했다.
설희란은 아예 절망에 빠진 듯 풀이 죽어 있었다.
설두장이 인장을 찍은 서류를 건네주자 독고천은 품 안에 갈무리했다.
"그럼 이만."
순간, 독고천의 신형이 밖으로 쏘아져 나갔다.
엄청난 속도에 해남검파의 인물들이 모두 멍하니 그 뒤를 쳐다볼 수밖에 없었다.
조용히 독고천이 사라진 곳을 지켜보던 설두장이 그제야 무언가 생각났다는 듯 고개를 갸웃거렸다.
'그런데 곽철당 형님과 같은 마기를 풍기고 있었단 말이지. 하긴 마교에서 오셨던 분이니. 비록 우리가 쫓아내긴 했어도 가끔은 그립구나, 형님이.'

* * *

시장 바닥에 사람들이 북적였다.
"쌉니다. 여기서 사세요!"
상인들은 각자 자신들의 물건을 자랑하며 호객행위를 했고, 사람들은 구경을 하며 연신 왁자지껄 떠들고 있었다.
그리고 그 사이로 흑의사내가 조용히 빠져나가고 있었다.
매우 복잡한 시장통이었지만 흑의사내는 미끄러지듯 어딘가로 향하고 있었다.
순간, 흑의사내가 골목으로 빠졌다.
거기에는 낡은 의복을 입은 늙은 거지가 앉아서 구걸을 하고 있었는데, 흑의사내가 다가오자 슬쩍 고개를 들었다.
"한푼 줍쇼."
그러자 흑의사내가 주위를 두리번거리며 중얼거리듯 조용히 입을 달싹였다.
"오늘따라 날씨가 매우 좋군. 그런데 오늘 같은 날에는 왜 주작이 울지 않는 걸까? 주작이 울면 좋을 텐데, 왜 울지 않을까?"
순간, 거지의 눈이 빛났다.
"백호가 울면 안 되나?"
"백호가 울면 청룡이 섭하지."
흑의사내가 조용히 입을 달싹이자 그제야 거지가 만족한 듯 몸을 일으켰다.

"현무도 섭하겠지. 반갑네. 여기로 들어가게."

순간, 거지가 툭툭, 치자 벽이 갈라지며 비밀 문이 드러났다.

흑의사내가 안으로 들어가자 다시 비밀 문이 닫혔다.

비밀 문은 어두컴컴한 통로와 연결되어 있었다.
흑의사내가 일각 정도 걸어가자 통로의 끝이 보였다.
흑의사내가 통로의 끝을 두들겼다.
"봉황의 날갯짓이 펴진다."
순간, 통로에서 낮은 목소리가 울려 퍼졌다.
"그러나 떨어진다."
그러자 흑의사내가 다시 낮게 답했다.
"그리고 또 떨어진다."
끼익.
그제야 통로가 열렸다.
그곳에는 백의를 깔끔히 차려입은 비대한 중년인이 씨익 웃어 보이고 있었다.
"하지만 날아오른다. 오랜만이군. 들어오게나."
흑의사내가 씨익 웃으며 들어서자 비밀 문의 통로가 닫혔다.
중년인이 의자에 털썩 주저앉으며 입을 열었다.
"그래, 몇 년 만인지 모르겠군. 살 만한가?"

"살 만하겠습니까? 그곳에서 이십 년 이상 살아 보십쇼. 치가 떨립니다, 치가."

흑의사내가 혀를 내두르자 중년인이 킬킬거렸다.

"그래도 자네 덕분에 강호의 평화가 지켜지는 것 아니겠는가. 그래, 이번엔 어떤 정보인가?"

"아주 심각한 정보입니다."

흑의사내의 표정이 진중해지더니, 품속에 있던 서류를 꺼내 중년인에게 건네주었다.

서류를 읽어 내려가던 중년인의 눈이 경악으로 동그랗게 떠졌다.

"저, 정녕 이게 사실인가?"

중년인이 말을 더듬으며 서류를 손에서 떨어뜨렸다.

그러자 흑의사내가 떨어진 서류를 주워 들고는 탁자에 올려놓았다.

그리고 이해한다는 듯 고개를 끄덕였다.

"네. 저도 처음 들었을 땐 기가 막혔습니다. 그런데 진짜가 맞습니다."

"이, 이걸 어떻게 해야 하는 거지, 그럼?"

중년인이 식은땀을 흘리며 눈동자를 깜박였다. 그러자 흑의사내가 어깨를 들썩였다.

"뭐, 상부에서 알아서 하지 않겠습니까?"

흑의사내의 말에 동의한다는 듯 중년인이 고개를 끄덕였다.

"그건 그렇겠지만, 이게 쉽사리 끝날 일은 아닐 텐데 말이지. 그나저나 필요한 것은 없나?"

중년인의 물음에 흑의사내가 잠시 고민하는 듯하더니 이내 고개를 끄덕였다.

"그때 주었던 약 더 있습니까?"

"무슨 약?"

중년인이 고개를 갸웃거리자 흑의사내가 답답하다는 듯 다시 말했다.

"마기가 흘러나오는 약 말입니다."

"아아, 그건 약이 아니라 영약일세."

중년인이 근엄한 표정을 지으며 고개를 내젓자 흑의사내가 피식 웃었다.

그러자 중년인이 진중하게 말했다.

"그건 정말 영약이 맞네. 마룡환(魔龍丸)이라 불리는 물건인데, 마공을 익히는 자들에게는 기연과도 같은 영약일세. 단지 자네는 마공을 익히지 않았기에 소용이 없는 것이지. 물론 무공을 익히지 않은 사람들도 마룡환을 복용하게 되면 몸에서 상대방을 짓누를 수 있는 마기를 풍길 수 있게 되지. 자네처럼 말일세."

흑의사내의 몸에서는 푸른 마기가 넘실거리고 있었다.

중년인의 말을 듣고 있던 흑의사내가 손사래를 치며 말했다.

"그나저나, 그거 있습니까?"

"없네. 마룡환은 마교의 신물일세. 우리도 겨우 하나 구한 것이지. 아마 마교에도 한두 개밖에는 없을 것일세. 한데 왜 그러나? 마기가 옅어지나?"

중년인의 물음에 흑의사내가 고개를 끄덕이며 고민하는 표정을 지었다.

그러자 중년인이 흑의사내의 어깨를 툭, 쳤다.

"걱정하지 말게나. 마기가 옅어지기 시작하면 도망치면 되지 않는가. 자네가 모든 임무를 마치고 나오면 부귀영화가 자네를 기다릴 걸세."

중년인이 걱정 말라는 듯 말하자 흑의사내가 어깨를 들썩였다.

"뭐, 살아남을 수 있다면 말이지요. 전 이만 가 보겠습니다. 수고하십시오."

흑의사내가 다시 비밀 통로의 문을 열고는 밖으로 나왔다.

통로 밖으로 나오자 거지가 씨익 웃으며 눈을 마주쳤다.

"고생하게."

"예, 고생하십쇼."

흑의사내는 씨익 웃고는 다시 진중한 표정을 지으며 시장통으로 스며 들어갔다.

시장통을 거친 흑의사내는 다시 산속으로 올라갔다.
한참을 깊숙이 들어가자 큰 동굴이 있었는데, 그곳에는 흑의 차림의 사내들이 몰려 있었다.
"이우도, 왜 지금에서야 왔나? 내가 전하라는 물건은 전했나?"
흑의사내 중 한 명이 인상을 찌푸리자 이우도라 불린 흑의사내가 어벙한 표정을 짓더니 당황하며 말을 더듬었다.
"죄, 죄송합니다. 워낙 사람들이 많아서……."
"다음부터는 빨리빨리 다니도록."
"예, 예."
"어쨌든 출발한다. 가자."
순간, 동굴 속에 있던 흑의사내들의 신형이 쏘아져 나갔다.
그 무리를 뒤따라 이우도가 신형을 날렸다.
한데 이우도의 얼굴에는 어벙했던 표정은 온데간데 사라지고, 알지 못할 옅은 미소가 띠어져 있었다.

第六章
권모술수(權謀術數)

"이게 정녕 사실이오?"

강호무림맹(江湖武林盟) 맹주(盟主) 사천반이 놀라 물었다.

강호무림맹은 비록 맹이라는 이름을 지니고 있지만 힘이 미약했다.

아무래도 많은 문파들은 기득권을 뺏길까 강호무림맹이라는 곳에 소속되는 것을 싫어했고, 자신들의 위에 맹주라는 직위를 가진 자가 오르기를 싫어했다.

결국 강호무림맹의 시작은 호기 넘쳤지만 결국 지금은 이름만 남아 있는, 정도 문파들의 하나의 분타와도 같았다.

물론 어떤 일이 발생할 경우 강호무림맹을 통해서 힘을

뭉친다지만, 그러는 데는 오랜 시간이 걸렸고, 의견 또한 쉽사리 일치하지 못했다.

사천반의 물음에 주위의 장로들이 고개를 끄덕이며 침음성을 흘렸다.

마교가 숨겨 놓았던 중원 일통의 야욕이 드러난 것이었다.

"하지만 아직까지는 모르는 겁니다, 맹주님."

주기헌 장로의 말에 사천반이 고개를 끄덕이다가 곧바로 고개를 내저었다.

"아니오. 이 정보는 이 대협에게서 흘러나온 것이지 않소? 그럼 정확하오. 또한 많은 새외 문파들이 마교 교주의 인상착의와 비슷한 방문객을 받았다는 것을 직접 보았다는 개방(丐幫)의 고수들이 많소이다."

이 대협이라는 말에 장로들의 표정이 밝아졌다.

이 대협은 강호무림의 평화를 위해 스스로를 희생한 무인 중의 무인이었다.

어릴 적부터 마룡환을 복용한 채 마교에 잠입해 모든 정보를 강호무림맹에게 전달하는 진정한 의협이었다.

임무가 끝난 후 강호무림맹으로 복귀하게 된다면 엄청난 명성과 부귀영화가 뒤따를 것이 분명했다.

만약 그가 없었더라면 마교의 야욕에 속수무책으로 당했을 것이다.

사천반이 잠시 고민하는 듯하더니 무언가 생각났다는 듯 고개를 주억거렸다.

"이 서류 내용상으로 보아하니, 전반적으로 마교 측에서는 아무것도 하고 있질 않소이다. 다만 새로 등극한 교주라는 자의 야욕이 엄청나다고 하오. 내가 볼 땐 그자를 암살하는 것이 낫다고 보오."

사천반의 대담한 말에 장로들이 단호히 고개를 내저었다.

"그건 안 됩니다, 맹주님. 정파의 이름이 떨어지는 행위입니다. 암살이라뇨? 다시 한 번 심사숙고해 주시기 바랍니다."

그러자 사천반이 한숨을 내쉬었다.

"하지만 그것 외에는 떠오르는 방법이 없소이다."

사천반의 말에 딱히 반박할 것이 없자 장로들이 한숨을 내쉬며 혀로 마른 입술을 핥았다.

회의장은 깊은 침묵에 빠졌다.

하나 그것도 잠시. 곧 황보찬 장로가 손을 들었다.

그러자 사천반이 고개를 끄덕였다.

"말해 보시오."

"분명 이 서류에서는 교주 혼자서 모든 일을 처리하고 있다고 합니다. 상층부에서도 예정에 없던 일이라 당황했다는 소리지요. 그렇다면 굳이 암살이 아니더라도 교주만 처리하면 되지 않겠습니까?"

권모술수(權謀術數)

"오오, 그렇소."

 사천반이 눈동자를 빛내며 고개를 끄덕이자 황보찬 장로가 말을 이어 나갔다.

"여태껏 이 대협의 보고로 보아서는, 교주는 총타 내에 머물러 있는 횟수가 매우 적습니다. 그러니 교주가 밖에 나왔을 때 처리하는 것이 맞다고 봅니다. 또한 교주는 혼자 다니길 좋아한다고 합니다."

"하지만 그 교주라는 자의 무공은 마교 사상 최강이라고 하던데?"

 주기헌 장로가 되묻자 황보찬 장로가 고개를 끄덕이며 말을 이어 나갔다.

"맞습니다. 그러니 평범하게 그를 노릴 순 없습니다. 강호팔대고수를 이용하여 그를 없애는 것입니다."

 강호팔대고수라는 말에 회의장 모든 이들이 탄성을 내질렀다.

 그들은 태산을 부수고 강을 가른다는 절정의 고수들이었다.

 각자가 한 문파의 존주였고, 강호무림의 존경을 받는 불세출의 고수들이었다.

"그러나 그들이 응해 주겠소?"

 사천반이 확실치 않다는 듯 묻자 황보찬 장로가 고개를 주억거렸다.

쉽사리 응해 주지는 않을 겁니다. 하지만 우리가 그렇게 만들어야 합니다. 그리고 교주가 없어진 마교를 본 맹에서 치는 겁니다. 이것은 본 맹이 강호무림의 평화를 지키는 중심으로 우뚝 설 절호의 기회인 겁니다."

황보찬 장로의 엄청난 발언에 회의장이 순간 흥분으로 가득 찼다.

―마교 교주를 죽이고 마교를 친다!

엄청난 계획이었다.

역대 모든 맹주들이 생각하고 계획했던 일이지만, 누구도 성공하지 못한 과제였다.

그게 어렵다는 점을 모두가 알기에 회의장에 앉아 있는 자들은 쉽사리 동조하지 못했다.

그러자 황보찬 장로가 확신을 담아 말을 이었다.

"본 맹과 구파일방 등의 많은 문파들은 협약으로 이어져 있습니다. 그 협약을 이용하여 강호팔대고수를 움직이는 것입니다. 강호무림의 공적이라는 마교 교주를 없앤다는 계획에 참여하지 않으면, 그들과 똑같은 놈이라는 것을 강조하는 것입니다. 그렇다면 다른 문파들의 눈치를 볼 수밖에 없지요. 그걸 노리는 겁니다. 그들의 심리를 노려 참여할 수밖에 없게 만드는 겁니다. 그리고 몇몇 문파의 상층부에는 마교와의 전쟁 후 콩고물을 나눠 주겠다고 설득하는 것이죠."

말을 끝맺은 황보찬 장로가 만족한 듯 옅은 미소를 지어 보였다.

황보찬 장로의 말을 조용히 듣고 있던 다른 장로들도 그 말에 찬성하며 고개를 주억거렸다.

그러자 사천반이 믿음직한 표정으로 황보찬 장로에게 서류를 넘겨주며 말했다.

"그럼 이 모든 것을 황 장로에게 맡기겠소. 이번 일에 강호무림맹의 미래가 걸려 있소. 황 장로만 믿겠소이다."

황보찬이 호기로운 표정을 지은 채 답했다.

"저만 믿으십시오, 맹주님."

* * *

천마신교 귀주(貴州) 분타주, 국승전은 오늘도 심심한 하루를 보내고 있었다.

그러던 중 무사 한 명이 분타주실로 뛰어 들어오며 외쳤다.

"총타에서 엄청나게 높은 인물이 찾아왔습니다!"

무사의 말에 손톱을 만지작거리던 국승전이 인상을 찌푸리며 의자에서 일어났다.

"엄청나게 높지 않으면 이번엔 니가 죽는다."

"히, 히익, 하지만 진짭니다."

무사의 말에 국승전이 한숨을 내쉬고는 고개를 끄덕이며 밖으로 나섰다.

전에도 엄청나게 높은 총타의 인물 어쩌고저쩌고 하다가 자신보다도 낮은 위치의 인물이 총타에 있다는 이유 하나만으로 거들먹거린 적이 있었기 때문이다.

물론 그때 거들먹거리던 인간은 아마 반 죽어서 돌아갔을 것이었다.

국승전이 투덜거리며 대문 밖으로 나와 보니 웬 흑의 차림에 날카로운 인상의 사내가 서 있었다.

국승전이 심드렁하게 물었다.

"총타에서 오셨다고 들었소."

그러자 흑의사내는 아무 말 않고, 자신의 품속에서 무언가를 꺼내서 건네주었다.

국승전이 피식 웃었다.

"본인은 하찮은 뇌물 따위 안 받는데 말이지……."

국승전이 그 물건을 유심히 바라보았다.

'어라, 익숙한데?'

어디선가 많이 보았던 물건이었다.

악마 형상이 생생히 살아 움직이는 듯한 검은색 명패였다.

순간, 뇌리를 스치는 무언가에 국승전이 머리를 땅에 처박으며 외쳤다.
 "교주님을 뵈옵니다!"
 순간, 멀뚱히 서 있던 무사들도 기겁하며 머리를 처박았다.
 "교주님을 뵈옵니다!"
 국승전이 땅에 머리를 박은 채 무사들을 보며 이를 갈았다.
 '이런 빌어먹을. 엄청나게 높은 총타의 인물? 에라이. 제일 높으신 분이다, 이놈아!'
 평생 얼굴도 보기 힘든 천마신교의 교주님께서 시골구석 귀주 분타에 납신 것이었다.
 "교주님께서 이런 시골에 어쩐 일로······."
 "잠시 들렀다."
 독고천의 말에 국승전이 급히 몸을 일으키며 무사들의 엉덩이를 걷어찼다.
 "이놈들아, 빨리 교주님을 모셔라!"
 "조, 존명!"
 무사들이 급히 대문을 열고는 분타 안으로 튀어 들어갔다.
 그 모습에 국승전이 몰래 한숨을 내쉬고는 독고천을 보며 함박 미소를 지었다.
 "교주님, 들어가시죠."

*   *   *

 국승전은 하루하루가 가시방석이었다.
 교주는 갑자기 찾아와서 방에 틀어박힌 채 삼 일째 나오지도 않고 있었다.
 '죽었나?'
 그러나 국승전은 이내 고개를 내저었다.
 무공의 고수들은 먹지 않아도 오랜 기간 동안 버틸 수 있다고 들었다.
 하긴 국승전 자신도 최소 일 주야 정도는 아무것도 먹지 않아도 멀쩡히 지낼 수 있었다.
 그러니 교주 정도의 무공이라면 일 년 동안은 아무런 무리 없이 살아남을 것이었다.
 '그건 아닌가?'
 혼자 앉아 있는 시간이 늘수록 국승전의 망상은 한층 짙어졌다.
 그러던 중 무사가 분타주실에 들이닥쳤다. 국승전이 울컥하며 찻잔을 내던졌다.
 "인마, 막 열지 말라 했지!"
 찻잔을 맞고 뒤로 널브러진 무사가 신음을 터뜨리며 몸을 일으켰다.
 "으으, 분타주님."

"또 뭐냐?"

국승전이 심드렁하게 묻자 무사가 이마를 쓰다듬으며 입을 열었다.

"그놈이 또 왔습니다."

그놈이라는 말에 국승전의 이마가 일그러졌다.

"그놈이 또 왔단 말이야?"

"예, 그놈입니다."

무사가 고개를 끄덕이자 국승전이 성을 내며 벌떡 일어섰다.

"이번엔 죽여 버려! 기껏 살려 보내 줬더니 또 찾아온 거니 이번엔 죽여도 되겠지. 앞장서라!"

무사가 밖으로 나서자 국승전이 그 뒤를 쫓았다.

대문 밖을 나서자 아니나 다를까, 예닐곱 정도 되어 보이는 소년이 피투성이가 된 채 널브러져 있었다.

"무공을 가르쳐 달라고요!"

무사가 표정을 일그러뜨리며 발길질을 했다.

"컥!"

순간 소년이 피를 토했다.

"지겹지도 않냐? 이제 그만 꺼져라."

그러나 소년은 몸을 부들부들 떨면서 힘겹게 일어섰다.

"난 강해져야 한단 말이에요! 무공을 가르쳐 달라고, 새끼들아!"

무사가 울컥하며 검을 뽑아 들려 했다. 그러나 그때, 국승전이 모습을 드러냈다.

무사가 정중히 고개를 숙였다.

"오셨습니까, 분타주님."

"검 내놔."

"존명."

무사가 검을 건네자 국승전이 소년에게 다가갔다.

소년은 핏줄 선 눈으로 국승전을 올려다보더니 피를 토하며 외쳤다.

"무공을 가르쳐 달라고! 무공!"

"또 너냐?"

국승전이 쓴웃음을 짓더니 소년을 내려다보았다. 그러자 소년이 이를 갈았다.

"내가 당신 같으면 귀찮아서라도 무공 가르쳐 줬겠다! 이렇게 끈질기게 오는데 왜 그깟 무공 하나 안 가르쳐 주는 거야! 무공 가르쳐 달라고! 난 최고라는 천마신교에서 무공을 배우고 싶단 말이야!"

소년의 울부짖음에 국승전의 이마에 주름이 새겨졌다.

자신도 소년의 사정을 모르는 바는 아니었다.

부모를 잃고 홀로 남았으니 무공이라도 배워서 입신양명하려는 마음은 충분히 이해하는 바였다. 하지만 이곳은 천마신교의 분타였다.

함부로 사람을 받으면 천마신교의 공포스런 위명이 무너질 것이 뻔했다.

천마신교는 항상 공포의 대상이어야지, 누군가를 구제해 주는 단체가 되어서는 아니 되었다.

국승전이 한숨을 내쉬더니 검을 치켜올렸다.

"저세상에서나 그놈의 무공 실컷 배워라."

국승전의 검이 횡을 그리며 떨어지려는 찰나, 무언가에 막혔다.

국승전이 놀라며 옆을 흘겨보자 어느새 그곳에는 독고천이 서 있었다.

"교주님."

국승전이 급히 검을 집어넣고 부복했다.

그러나 독고천은 국승전에게 시선을 주지도 않은 채 소년을 내려다보고 있었다.

순간, 독고천이 오른손을 내밀었다.

그러자 널브러져 있던 소년의 몸이 붕 뜨더니, 독고천의 오른손으로 빨려 들어갔다.

전설의 무공인 격공섭물이 펼쳐지고 있었다.

허공을 격하여 물건을 끌어당긴다는 전설의 무공이었다.

독고천의 손아귀에 목덜미가 잡히자 소년이 바동거리며 소리쳤다.

"이거 놔라, 인마!"

거친 말투에도 아랑곳하지 않은 독고천이 소년의 혈맥을 짚었다.

순간, 독고천의 눈빛이 빛났다.

역시나였다. 얼핏 보아서는 잘 몰랐지만, 혈맥을 짚어 보니 확실했다.

소년은 마룡지체(魔龍之體)를 지니고 있었다.

그리 희귀하다던 마룡지체를 지닌 두 명의 인물이 같은 시간, 같은 장소에서 만나게 된 것이었다.

독고천이 소년을 바라보았다.

꼬질꼬질 때가 가득한 얼굴에 얼마나 쥐어 터졌는지 볼이 퉁퉁 부어 있었다.

온몸은 멍투성이였다.

만약 자신도 천마신교와 인연을 맺지 못하고 다른 곳에서 살아갔다면 이렇게 생을 마감했을까 하는 생각이 독고천의 뇌리에 스쳐 지나갔다.

이 소년도 자신에게 발견되지 않았더라면 분타주의 검에 목숨을 잃었을 것이 뻔했다. 마공을 익히기에 최적의 체질이라는 마룡지체를 가지고도 아무런 성취 없이 목숨을 잃을 뻔한 것이다.

왠지 운명의 장난이란 느낌이 물씬 들었다.

소년의 얼굴을 바라보던 독고천이 살짝 미소를 지으며 이죽거리듯 물었다.

"꼬맹아, 왜 무공을 배우려 하느냐?"

소년이 순간 움찔했다.

자신을 무자비하게 패던 자를 한순간에 제압한 사람이었다.

또 얼핏 들어 보니 교주라고 하지 않던가.

이 사람으로 인해 자신의 인생이 바뀔 수도 있다는 생각이 문뜩 들었다.

"강해지고 싶어요!"

소년의 외침에 독고천이 재차 물었다.

"왜 강해지고 싶으냐?"

그러자 소년이 있는 힘껏 외쳤다.

"몰라요, 그딴 건. 그냥 강해지고 싶고, 또 강해지고 싶단 말이에요!"

독고천은 소년의 대답이 마음에 들었다.

자신도 무공의 극의를 이루기 위해서 하루하루 살아가고 있지 않은가.

"나를 따라가겠느냐?"

"정말요?"

소년이 믿기지 않는다는 듯 되물었다. 그러자 독고천이 소년을 놓아주었다.

소년은 엉덩방아를 찧자 인상을 찌푸렸다.

"싫음 말고."

독고천이 몸을 돌리자 소년이 급히 바지 자락을 부여잡

았다.
"갈래요! 데려가 줘요!"
독고천이 씨익 웃더니 소년의 몸을 일으켜 주었다.
"이름이 뭐냐?"
"우진후예요. 그쪽은요?"
우진후의 물음에 독고천이 뺨을 후려쳤다.
짝!
동시에 우진후의 이가 부러지며 한구석에 처박혔다.
담벼락에 처박힌 우진후가 신음을 터뜨렸다.
"으으으."
우진후의 입에서 피가 줄줄 흘러나오고 있었다.
고통에 꿈틀거리는 우진후를 내려다보던 독고천이 무심히 말했다.
"아까는 나와 관련되지 않은 놈이었으니 봐주었지만, 지금은 아니다. 말조심하도록."
독고천의 말에 우진후가 몸을 주섬주섬 일으켰다. 그러나 아직도 충격이 큰지 절뚝거렸다.
우진후가 힘겹게 부복하며 말했다.
"죄, 죄송합니다, 교주님."
"그래, 가자."
독고천이 앞장서자 우진후가 그 뒤를 절뚝절뚝 걸으며 쫓았다.

그 뒷모습을 지켜보던 국승전은 멍하니 중얼거렸다.
"이게 도대체 뭔 일이지……."

* * *

우진후는 빠릿빠릿했다.
독고천이 쉬었다 가려 하면 장작 같은 것을 모아서 불을 피웠고, 귀찮아하는 기색이 보이면 저 멀리 떨어져서 건드리지도 않았다.
한마디로 눈치 자체가 비상한 놈이었다.
시험 삼아 몇 개의 검법을 대충 가르쳐 주었는데, 매우 빨리 흡수하는 것을 보고 독고천은 고개를 주억거렸다.
마룡지체라는 체질을 가지고 있을 뿐만 아니라, 재질도 뛰어났다.
또한 노력가였다.
검법을 가르쳐 주면 그것이 완벽해질 때까지, 아니, 스스로 마음에 들 때까지 휘두르고 또 휘둘렀다.
어설펐지만 나이에 비해 체력이 매우 뛰어난 것 또한 장점이었다.
"원래 무공을 배우려면 체력이 강해야 한다고 해서 매일 뛰어다녔어요."
우진후는 항상 검을 다 휘두르고 나면 기진맥진 해하면

서도 활짝 웃으며 독고천에게 한마디씩 자신의 옛날이야기를 하곤 했다.
"부모님은 장원을 운영하셨는데, 어쩌다 우연히 사기를 당하게 되었어요. 그리고 빚을 갚지 못해서 결국 어머니는 어디론가 팔려갔고, 아버지는 빚쟁이들에게 잡혀가서 죽었다고 들었어요. 그리고 할아버지가 저를 유일하게 키워 주셨는데, 얼마 전 병으로 돌아가셨어요."
자신의 과거사를 담담히 말하는 우진후를 바라보던 독고천이 고개를 끄덕였다.
"그래서 힘들었냐?"
"아니요. 그래서 더욱 무공을 배우고 싶었어요. 유명한 문파에 입문해서 세상을 놀라게 할 만한 무공을 배워서 강해지고 싶었어요."
우진후의 답변에 독고천이 되물었다.
"전에는 그냥 강해지고 싶다더니, 사실 이유가 있는 거 같은데?"
독고천의 말에 우진후가 뜨끔했는지 살살 미소를 지었다.
"사실 멋있잖아요. 물론 그 무공이라는 것을 배워 보기도 싶지만, 이왕 배운 거, 최고가 되면 더 멋지잖아요."
"그런데 왜 천마신교를 택했지?"
"최강이잖아요."
우진후가 당연하다는 듯 답하자 독고천이 고개를 갸웃거

렸다.
"강호절대삼인이라고 아느냐?"
우진후가 고개를 연신 끄덕이며 눈을 빛냈다.
"네, 알죠!"
"그자들 중 본 교 출신은 없는데? 그들이 강호에서 제일 세다며? 그렇다면 본 교가 최강이라는 말은 맞지 않은데?"
독고천의 말에 우진후가 잠시 고민하는 듯 턱을 쓰다듬었다.
"그 말이 맞죠. 하지만 그건 다르다고 봐요."
"왜 그러지?"
"천마신교는 강자지존이잖아요."
"그런데?"
"그럼 쉽사리 분위기에 휩쓸리지 않고, 또 그렇다 해도 강자지존이라는 분위기이니, 그 어디보다도 최적의 장소라고 생각해요."
우진후가 자신의 말에 만족했는지 고개를 연신 주억거리며 미소를 지었다.
그러자 독고천이 피식 웃었다.
"강자지존이라는 것을 미화시키나 본데, 얼핏 보면 입에 발린 소리지. 강하면 된다? 물론 강하면 상관이야 없지. 하지만 만약 네가 강하지 않을 때를 생각해야지."
독고천의 말에 우진후의 입가에 맺혀 있던 미소가 순식

간에 사라졌다.

 그러자 독고천이 겁을 주려는 듯 낮은 목소리로 말을 이어 나갔다.

 "또한 무조건 강자의 말을 들어야 한단 말이지. 네가 밥도 먹고 싶고 변소에도 가고 싶은데 너보다 센 놈이 와서 변소도 가지 말고 밥도 먹지 마! 하면 따라야 한단 말이지."

 우진후가 그 광경을 상상했는지 몸을 부들부들 떨었다. 확실히 굶는다는 것은 아이에게 큰 고통이었다.

 독고천이 신난 듯 말을 이어 나갔다.

 "또 그것뿐인 줄 아느냐. 네가 정말 열심히 수련해서 엄청 강해졌어. 그럼 뭐 해. 그 위에 나도 있고, 부교주들도 있고, 장로들도 있단 말이지. 네가 순식간에 강해지면 그들이 위기를 느끼고 너의 목을 몰래 따 버릴 수도 있단 소리야."

 순간, 우진후가 식은땀을 흘리며 마른침을 꿀꺽 삼켰다.

 "왜, 왜 제 목을 따죠?"

 우진후가 당황하며 말을 더듬었다. 그러자 독고천이 낮은 목소리로 음산하게 말했다.

 "본 교는 강자지존이야. 즉, 강한 놈이 가장 높은 자리에 올라간단 말이지. 부교주들과 장로들은 자신의 자리를 뺏기고 싶지 않아서 강한 놈들의 목을 따 버리지. 특히 재질이 뛰어난 놈들을 말이야. 그게 다 자신의 자리를 지키기 위해서지."

"하, 하지만 그건 불공평하잖아요."

우진후가 따지듯 묻자 독고천이 어깨를 들썩였다.

"불공평하기는. 본 교는 강자지존이야. 내가 너를 때리든 패든 아무도 상관 안 한단 말이지. 내가 너보다 강하기만 한다면 말이야. 물론 본 교에 피해가 가지 않을 정도로만 해야지. 하지만 난 교주야. 언제든지 네놈 정도의 목은 따 버릴 수 있다는 소리지."

순간, 우진후의 얼굴이 시퍼렇게 질렸다.

우진후의 얼굴 위로 괜히 따라왔다는 표정이 여실히 드러났다.

그러자 독고천이 속으로 웃었다.

'어린놈 놀리는 재미가 삼삼하군.'

항상 시커먼 사내놈들과 힘겨루기를 하며 매일매일 무공수련만 하다가 이런 이야기로 꼬마를 겁주니 꽤나 흥미도 동했다.

거기다 그 꼬마가 자신과 같은 마룡지체를 지니고 있어서 동질감도 느껴진 탓이었다.

독고천이 자신의 얼굴을 매만졌다.

옅은 미소가 배어 있었다.

그제야 독고천은 왜 탁경도가 항상 미소를 머금고 있었는지 얼핏 알 것 같았다.

'이런 것이 제자를 키우는 맛인가.'

문득 탁경도의 얼굴이 떠올랐다.

독고천이 아무리 마도인의 길을 걷는다 해도 그 역시 아련한 감정을 느낄 줄 아는 사람이었다.

단지 독고천은 잔혹해져야 할 때를 알 뿐이었다.

그것이 마도인의 길이었기에.

'보고 싶습니다, 스승님.'

그러자 밤하늘에서 탁경도가 미소를 지어 보이며 말을 하는 것 같았다.

'부교주님, 마도의 길은 잘 걷고 계십니까?'

밤하늘을 올려다보던 독고천이 흐뭇한 미소를 지으며 고개를 끄덕였다.

순간, 우진후가 고개를 올려 밤하늘을 훑어보았다.

맑은 밤하늘에는 별들이 반짝였다.

"그런데 교주님은 저한테 뭐예요?"

"뭐가?"

독고천이 되묻자 우진후가 갑자기 기어 들어가는 듯한 목소리로 중얼거리듯 말했다.

"그게 스승님이에요, 아니면 뭐예요?"

그러자 독고천이 피식 웃었다.

"내가 너에게 무공을 가르쳐 주지도 않았는데 무슨 스승님이란 말이냐?"

독고천의 매몰찬 말에 우진후가 아쉬운 듯 입맛을 다셨다.
"그런가요……. 교주님이 제 스승님이면 좋을 텐데 말이죠."
독고천이 궁금한 듯 쳐다보자 우진후가 이를 내보이며 씨익 웃었다.
"교주님이 제 스승님이면 아무도 저를 못 건드리잖아요."
그러자 독고천이 무심히 말했다.
"본 교에서 그딴 것은 성립되지 않는다. 너는 너다. 네가 약하면 네가 약한 것이지, 왜 스승의 덕을 보려 하느냐?"
무심히 말했지만, 무언가 따끔한 질책 같았기에 우진후가 움찔거렸다.
"네, 죄송해요."
우진후가 다시 활짝 웃었다.
그러자 독고천이 고개를 끄덕였다.
"마도인이란 그런 것이다. 그 어디에도 얽매이지 않으며 자신의 신념을 지키는 것. 결국 그것이 잔혹한 결과를 낳는다 할지라도 그것이 네 신념이라면 지켜야 한다. 그러다 보니 나쁜 놈이라며 정파인들에게 욕을 먹고 때론 핍박을 당하기도 하지만, 뭐 어떠냐. 어차피 강호도 무정강호라 불리지 않느냐. 각자 살아가는 방식이 다를 뿐이지."
그러자 우진후가 고개를 주억거리며 물었다.
"마도인이라는 것이 그렇게 나쁜 건가요?"

"사람을 개미처럼 가차없이 죽이고, 직접적으로 관련이 없지만 약간이라도 얽힌 이들을 죽이고 하다 보니까 그런 것이지. 우리가 나쁜 놈들은 맞다. 하지만 그게 우리를 강호에서 가장 강하게 만들었다. 우린 악인이 아니라, 마인이다. 악하다는 것은 그저 일차적인 것이지. 나도 마인이라는 정의를 자세히 내릴 수는 없다. 그저 오늘도, 내일도 마도인이 되기 위해 한 걸음씩 걸어갈 뿐이다."

독고천의 말을 조용히 듣고 있던 우진후가 고개를 갸웃거렸다.

"그럼 교주님은 마도인이 되는 것이 꿈인가요?"

독고천이 고개를 내저었다.

"무공의 극의를 보는 것이 내 삶의 이유다."

그러자 우진후가 탄성을 내질렀다.

"무공의 극의를 이룬 마도인이 꿈이네요, 그럼!"

우진후가 흥미롭다는 듯 독고천을 쳐다보았다. 굳이 틀린 말은 아니었기에 독고천은 고개를 주억거렸다.

그러자 우진후가 탄성을 내지르며 벌떡 일어나더니 상기된 표정을 지었다.

"그럼 저도 무공의 극의를 이룬 마도인이 되고 싶어요!"
"그래라."

독고천이 관심없다는 듯 답했지만, 밤하늘을 올려다보는 우진후의 눈은 연신 반짝였다.

무심히 우진후를 바라보던 독고천이 갑자기 몸을 일으켰다.
우진후가 놀라며 움찔거렸다.
독고천이 검을 뽑아 들고는 지나가는 말투로 말했다.
"본 교의 검법 하나를 보여 주지."
순간, 독고천의 신형이 솟구쳤다.
그와 동시에 독고천의 검이 허공을 연신 찔렀다. 허공이 일그러질 정도로 독고천의 검에서는 무지막지한 기운이 흘러나왔다.
동시에 독고천에게서 붉은 마기가 한층 짙게 흘러나오기 시작했다.
그리고 어느 순간, 붉은 마기가 숲 속을 지배하고 있었다.
독고천의 검의 궤도는 기괴했다. 하지만 패도적이고 표홀했다.
오른쪽을 찌르는가 싶더니 왼쪽을 찔렀고, 위를 찌른다 싶더니 아래를 찌르고 있었다.
허초와 실초가 교묘히 숨겨져 있는 검술이었다.
어느새 숲에는 작은 공터가 만들어져 있었다.
독고천이 검을 집어넣었다.
철컥.
검이 검집에 들어가자 멍하니 바라보던 우진후가 탄성을 내질렀다.

"우와! 검법 이름이 뭐예요!"
"편마검법(鞭魔劍法)이다."
 편마검법은 뛰어난 검법은 아니었지만, 채찍질하는 것마냥 날카로운 운용이 가능했고, 중검보다는 표홀함을 중요시하는 검법이었다.
 그리고 아무래도 우진후는 근력이 부족하다 보니 힘으로 상대방을 이기기엔 부족했다.
 그런 까닭에 작은 힘으로도 가공할 위력을 보일 수 있는 검법을 보여 준 것이었다.
"저, 그거 가르쳐 주세요!"
 우진후가 재촉하듯 말하자 독고천의 표정이 무심해졌다.
 그러자 방방 뛰던 우진후의 표정이 갑자기 굳었다. 전에도 이러다가 뺨을 맞은 적이 있었기에 우진후는 조심할 수밖에 없었다.
 조용히 우진후를 바라보던 독고천이 고개를 끄덕였다.
"가르쳐 주마."
 우진후의 입이 귀에 걸릴 정도로 올라갔다.
 입이 찢어질 듯 웃던 우진후가 품속을 뒤적거리기 시작했다.
 그리고 무언가를 꺼냈는데, 그것은 바로 푸른 영웅건이었다.
"이거, 저희 할아버지 건데 가지세요."

독고천이 고개를 내저었다.

"필요없다."

그러자 우진후가 영웅건을 더욱 내밀며 씨익 웃었다.

"수승도 아니시면서 검법 같은 것도 가르쳐 주신다는데, 이런 거라도 보답하고 싶어요."

독고천이 영웅건을 받아 들고는 힐끗 살펴보았다.

비록 헤지고 낡았지만, 나름 가격이 나가는 옷감을 쓴 듯 귀티가 흘렀다.

독고천이 영웅건을 검집에 묶었다.

그러자 우진후가 만족한 듯 실실 웃었다.

독고천은 머쓱한 듯 괜스레 눈을 감으며 운공을 시작했다.

우진후는 그런 모습의 독고천을 바라보다 나무에 등을 기대고는 눈을 감았다.

우진후의 입가에는 미소가 머금어져 있었다.

그렇게 밤이 깊어져 갔다.

第七章
청성검객(青城劍客)

우진후는 소면을 후르륵 빨아들이고는 미친 듯 만두를 집어 먹기 시작했다.
그러더니 삼키기도 전에 다른 만두를 입에 집어넣었다.
우물거리던 우진후가 독고천과 시선이 마주쳤다.
우진후가 씨익 웃자 독고천이 고개를 내저었다.
"천천히 먹어라."
우진후가 말을 하려 했지만, 입안에 음식물이 한가득이라 우물우물거리기만 했다.
"그, 아우……."
독고천이 손사래를 쳤다.
"그냥 많이 먹어라."

독고천과 우진후가 앉아 있는 탁자 근처에는 그 누구도 앉아 있지 않았다.

마치 원이라도 그려 놓은 양 독고천과 우진후의 탁자 밖으로는 손님들이 바글바글했다.

점소이도 독고천이 앉아 있는 탁자에는 다가가길 꺼려했다.

그 순간, 객잔 내에 청의를 깔끔하게 차려입은 사내들이 들어왔다.

하나같이 구름 문양의 암기가 검집에 달려 있었는데, 그것으로 보아 청성파의 제자들인 듯했다.

청성파(靑城派)는 구파일방에 속해 있는 명문정파이자 정통적인 도가 문파였다.

예전 청성산에 살수 문파가 들어서 청성파의 기둥 중 하나가 되었는데, 그러한 영향으로 청성파는 도가의 문파치고는 독특하게 암기술로도 유명했다.

검집에 달고 다니는 구름 모양의 암기는 청운침(靑雲針)이라 하였으며, 청성을 나타내는 하나의 신물과도 같았다.

청성파의 제자들이 들어서자 객잔 내 손님들의 시선이 한쪽으로 향했다.

청성파의 제자들이 의아하게 여기며 그들의 시선을 쫓았다.

거기에는 흑의를 입고 있는 사내와 꾀죄죄한 소년이 앉

아 있었다.
 겉으로 보기에는 평범하기 그지없는 일행이었지만, 한 가지가 달랐다.
 흑의사내의 몸에서 붉은 마기가 물씬 풍겨 나오고 있었다.
 "대사형, 마교 놈입니다."
 뒤에 있던 장태현이 말하자 현공우가 고개를 끄덕였다.
 현공우는 청성파의 일대제자로서 청운적검(靑雲赤劍)이라 불리는 신진 고수였다.
 현공우가 청운적하검(靑雲赤霞劍)을 펼치면 푸른 구름과 붉은 노을이 보여지는 듯한 환상이 일어날 정도로 검술이 뛰어나 청운검귀(靑雲劍鬼)라고도 불리는 사내였다.
 거기다 그는 청성파 장로의 제자였으니, 말 그대로 탄탄대로를 걷는 청년이라고 볼 수 있었다.
 현공우가 슬쩍 뒤를 훑었다.
 청성의 이대제자 세 명이 자신을 쳐다보고 있었다. 자신의 실력을 뽐낼 기회였다.
 현공우가 슬쩍 독고천을 훑었다.
 풍기는 마기가 별로 강하지 않는 것으로 보아 기껏 해야 이류 고수 정도 되어 보였다.
 현공우가 성큼성큼 독고천에게 다가갔다.
 지척에 다다른 현공우가 자신만만한 목소리로 꾸짖듯 말

했다.

"여기가 청성파의 구역인 것을 알고 있는 것이냐, 마교 놈아."

하지만 독고천은 현공우에게 시선조차 돌리지 않은 채 소채를 집어먹었다.

우진후만이 만두를 먹다 말고 현공우를 놀란 눈으로 올려다보았다.

'무, 무림인이 왜 우리한테 시비를 거는 거지?'

그러나 독고천에게서 흘러나오는 마기를 슬쩍 보고는 그제야 이해가 되었는지 고개를 끄덕였다.

자신도 나중에 마공을 익히게 되면 필연적으로 거쳐야 할 경험이었다.

분명 천마신교에게 호의적인 문파는 드물었다. 그것은 천마신교의 고수의 숙명일지도 몰랐다.

독고천이 무시하자 현공우의 눈이 가늘어졌다.

"여긴 청성파의 구역이다. 홍역[痲] 같은 전염병 따위 옮기지 말고 당장 꺼져라."

위협과 함께 현공우가 탁자를 엎었다.

갑작스런 상황에 객잔 내 손님들이 당황했지만, 구경거리가 생긴 듯하자 초롱초롱한 눈으로 그들을 바라보고 있었다.

우진후는 놀란 듯 바들바들 몸을 떨었다.

현공우에게서 엄청난 기도가 발산된 탓이었다. 그 모습에 뒤에 서 있던 청성파의 제자들의 표정이 밝아졌다.

"역시 대사형이셔."

"극성에 다다른 청운적하검을 보는 건가?"

"무슨 소리야? 청운적하검은커녕 일검 만에 마교 놈의 목이 떨어질걸?"

청성파의 제자들이 연신 중얼거리며 각자 떠들었다.

현공우도 그 얘기를 살짝 들었는지 어깨에 힘이 들어가기 시작했다.

독고천이 가만히 엎어진 탁자를 내려다보다가 우진후에게 말했다.

"이놈들은 정파가 아니다. 단지 정파라는 허울을 뒤집어쓴 허욕에 물든 젊은 놈들일 뿐이지. 이런 것으로 정파가 위선적이라 생각하는 것은 금물이다. 그들은 나름 의협을 아는 놈들이다. 그러니 성급하게 일반화시켜서는 아니 된다."

"예? 예."

우진후가 놀란 눈으로 고개를 끄덕였다.

그러자 독고천이 의자에서 몸을 일으키며 말을 이었다.

"우리는 배척당하는 일이 매우 잦다. 어쩔 수 없는 숙명이라며 받아들이는 마인들이 매우 많지. 하지만 이렇게 먼저 시비를 걸어오는 경우라면 다르다."

현공우가 울컥하며 검을 뽑아 들려 했지만, 순간 독고천이 오른손에 들고 있던 젓가락으로 그의 손을 짓눌렀다.

현공우는 손 위에 바위라도 올려놓은 듯 꿈적도 하지 못함을 느끼며 속으로 경악했다.

독고천은 그에 아랑곳 않은 채 말을 이어 나갔다.

"은원을 제대로 하는 것이 마도인이란 것이다. 이렇게 시비를 걸어오면……."

순간, 독고천의 젓가락이 현공우의 왼쪽 쇄골을 꿰뚫었다.

현공우가 신음을 터뜨렸다.

"크, 크흑, 이게 무슨 짓이……."

독고천의 젓가락이 이번에는 현공우의 왼쪽 귀를 찔렀다.

귀의 살점이 떨어져 나가며 피가 흘러나왔다.

"으으."

현공우가 고통에 귀를 부여잡았다.

그 순간, 독고천의 젓가락이 다시 현공우의 오른 발등에 박혔다.

"크악!"

현공우가 비명을 터뜨리자 독고천이 새로운 젓가락으로 왼 발등에 꽂아 넣었다.

현공우는 더 이상 버티지 못하고 몸을 부들부들 떨며 주저앉았다.

바닥은 귀와 쇄골에서 흘러나오는 피로 젖어 갔고, 현공우는 발에 박힌 젓가락을 빼내려 애쓰고 있었다.
너무나도 갑작스런 상황에 당황해하던 청성파의 이대제자들이 급히 달려왔다.
"네 이놈!"
그러자 독고천이 발로 탁자를 내리찍었다.
순간, 탁자가 박살 나고 파편들이 위로 튕겨 올랐다. 독고천이 파편들을 툭툭, 쳤다.
이내 파편들이 엄청난 속도로 쏘아져 나가더니, 이대제자들의 다리에 박혔다.
달려오던 이대제자들이 신음을 터뜨리며 앞으로 고꾸라졌다.
그 모습을 지켜보던 우진후는 멍하니 입을 벌렸다.
독고천이 의자에 다시 앉더니 말을 이었다.
"어느 정도 무공의 경지에 오르면 굳이 초식을 사용하지 않더라도 웬만한 하수 정도는 쉽게 처리할 수 있지. 지금처럼 말이야."
우진후가 멍하니 고개를 끄덕였다. 우진후의 벌어진 입에서는 침이 뚝뚝 떨어졌다.
독고천은 신경 쓰지 않는다는 듯 무심한 표정으로 손을 들었다.
"점소이."

순간, 멍하니 있던 점소이가 놀라며 독고천에게 달려가듯 다가갔다.
 "예, 예. 손님."
 "여기를 치워 주고 만두 한 접시 더 부탁하네."
 "예, 예. 손님. 얼른 가져다 드립죠."
 점소이는 바닥에 엎어진 그릇과 음식들을 정리하고 탁자를 다른 것으로 대체하자마자 급히 주방으로 달려갔다.
 그리고 주방에 들어감과 동시에 바로 만두 한 접시를 대령했다.
 독고천이 새로운 젓가락을 통에서 뽑아 들고는 만두를 집어 먹었다.
 우물거리던 독고천이 고개를 끄덕였다.
 "사천의 만두는 즙이 맛있군."
 옆에서 현공우가 연신 끙끙거리며 여전히 젓가락하고 씨름하고 있었는데, 독고천은 그저 무심한 표정으로 만두를 우물거렸다.
 우진후는 엄청난 충격을 받은 듯 멍한 눈동자로 독고천을 바라보았다.
 어느새 고꾸라졌던 이대제자들도 몸을 일으켰지만, 함부로 덤벼들지 못했다.
 현공우가 드디어 젓가락을 발에서 뽑아내고는 힘겹게 몸을 일으켰다.

다리가 절로 후들거렸지만, 현공우는 이를 악물었다.
"나는 청성파의 일대제자 현공우다! 감히 청성을 건드리고도 무사할 것 같더냐!"
그러자 독고천이 우물거리던 만두를 삼키고 현공우를 쳐다보았다.
순간, 현공우가 움찔거렸다.
독고천이 무심히 말했다.
"만약 내가 너희 모두를 죽인다면 청성도 쉽사리 누가 범인인지 찾아내질 못하겠지."
그 말에 현공우와 청성파의 제자들의 등에 식은땀이 흘렀다.
현공우가 이를 악물고 외치듯 말했다.
"만약 그리한다면 청성은 너를 찾아내어 처참하게 처형할 것이다!"
순간, 독고천이 인상을 찌푸리며 현공우를 쳐다보았다. 엄청난 살기가 덮쳐 들자 현공우가 힘없이 주저앉았다.
"크흑."
독고천이 혀를 찼다.
"청성의 제자라는 놈이 이렇게 비실해서야. 청성검객(靑城劍客)은 좀 나으려나?"
청성의 최고 검객을 뜻하는 명칭이 바로 청성검객이었다.
그리고 현 청성검객은 청성신검(靑城神劍) 풍진, 즉 청성의 장문인이었다.

　모욕을 당한 청성파의 제자들이 울컥하며 덤벼들려는 순간, 독고천의 붉은 마기가 넘실거리며 사방으로 퍼지기 시작했다.

　가장 가까이 있던 현공우가 울컥 피를 토했다.

　그리고 주위에 있던 청성파의 제자들이 급히 뒤로 물러섰다.

　앉아 있던 손님들도 기겁하며 뒤로 물러섰다.

　그러자 붉은 마기가 눈 깜짝할 새에 없어졌다.

　독고천이 현공우를 걷어찼다.

　현공우가 뒤로 널브러지자 독고천이 차갑게 말했다.

　"다음부턴 정파답게 굴어라. 꺼져."

　현공우가 힘겹게 몸을 일으키고는 절뚝거리며 객잔 밖으로 도망치듯 사라졌다.

　청성파의 남은 제자들도 현공우의 뒤를 쫓아 객잔 밖으로 나갔다.

　그들의 뒷모습을 지켜보던 독고천이 동전 몇 개를 탁자에 올려놓고는 몸을 일으켰다.

　"가자."

　우진후가 급히 몸을 일으키고는 독고천의 뒤를 쫓으며 궁금한 듯 물었다.

　"어, 어디로 가는 거예요?"

독고천이 객잔 문을 열며 중얼거리듯 답했다.
"청성."

         *   *   *

 독고천은 청성파의 대문에서 약 백 장 정도 떨어진 곳에 서 있었다.
 우진후는 독고천의 눈치를 살피며 연신 주위를 살폈다.
 끼익.
 얼마 지나지 않아 대문이 열리며 청성파의 제자들이 떼거지로 몰려나오기 시작했다.
 그리고 그 중앙에는 청의를 말끔히 차려입고 수염을 멋들어지게 기른 중년인이 있었다.
 그 모습에 독고천이 고개를 주억거렸다.
 "역시 은원을 갚으러 나왔군."
 청의 중년인은 청성파의 제자들을 이끌고 나가다가 한 사내가 길을 막고 있음을 발견했다.
 뒤에 있던 현공우가 독고천을 손가락으로 가리키며 이를 갈았다.
 "바로 저놈입니다."
 그러자 청의 중년인이 성큼성큼 독고천에게 다가왔다.
 마치 고고한 학처럼 청의 중년인의 움직임은 가볍고 표

홀했다.

 지척에 다다르자 청의 중년인이 걸음을 멈추었다.

 "자네가 우리 제자들에게 가르침을 내려 주었다고 들었네."

 "그런 셈이오."

 독고천이 고개를 끄덕이자 청의 중년인이 씨익 웃더니 고개를 주억거렸다.

 "난 청성의 표하섬이네. 강호의 동도들은 송풍검이라고 부르지."

 송풍검(松風劍) 표하섬은 청성의 장로이자, 사천을 대표하는 검객 중 한 명이었다.

 표하섬은 송풍검법(松風劍法)의 대가였다.

 검을 휘두르면 솔잎처럼 살랑거리는 바람이 불어온다 해서 명호도 송풍검이 되었다.

 표하섬이 검을 뽑아 들었다.

 "본인의 제자가 자네에게 가르침을 받았다고 들었네. 청성은 은원을 중요시하는 문파일세. 그러니 쉽게 돌아갈 생각은 말게나."

 그러자 독고천이 고개를 끄덕이며 검을 뽑아 들었다. 그러자 옆에 서 있던 우진후가 급히 옆으로 물러섰다.

 독고천이 검을 뽑아 들자 표하섬의 눈이 빛났다.

 분명 풍겨 오는 마기는 매우 미약했지만, 검을 뽑을 때의 모습은 전혀 달랐다.

극한의 검술을 익힌 자들만이 보여 주는 모습이 느껴지고 있었다.

빈틈이 있는 듯하면서 없었다.

특별한 형식에 구애받지 않는 듯 독고천은 느슨하게 서 있었다.

그것은 실전으로 단련된 검객들의 대표적인 모습이기도 했다.

'검귀로군.'

표하섬이 속으로 중얼거리며 천천히 다가갔다.

순간, 표하섬이 검을 치켜 올렸다.

그러자 어디선가 바람이 불어오는 듯했다.

살랑대는 바람이 표하섬의 검으로부터 흘러나왔다.

그리고 곧바로 표하섬의 검이 독고천의 머리를 꿰뚫었다.

독고천의 신형이 순간 흐릿해지더니, 뒤로 물러섰다.

"좋군."

표하섬이 곧바로 땅을 박차며 독고천의 복부에 검을 찔러 넣었다.

살랑대는 바람이 솔잎 향을 만들어 내는 듯, 그러나 표홀하고 강한 공격이었다.

순간, 독고천의 검이 표하섬의 검을 쳐 냈다.

까앙!

검면 끝부분이 부서지자 표하섬의 눈동자가 경악에 물들었다.
 곧바로 독고천의 검이 표하섬의 다리에 꽂혔다.
 "크윽!"
 표하섬이 신음을 터뜨리자 독고천이 검을 뽑아 들며 팔을 베었다.
 표하섬이 급히 팔을 틀려 했지만, 독고천의 검이 기괴한 각도로 틀어지더니 팔을 베었다.
 표하섬은 검을 떨어뜨렸다.
 검을 떨어뜨린다는 행위는 검객의 수치였다.
 그리고 겨우 팔을 베인 것만으로 검을 떨어뜨릴 만큼 표하섬은 약한 검객이 아니었다.
 그러나 자세히 살펴보니 팔 부근의 힘줄이 잘려 있었다.
 힘줄이 잘려 검을 쥘 수 없던 것이다.
 표하섬은 독고천의 검술에 경악했다.
 힘줄만 자른다는 것은 정밀하고도 정확한 검술을 지녀야만 했다.
 얼마나 깔끔하게 잘렸는지, 누가 본다면 일부러 자결을 시도했다고 생각할 정도였다.
 표하섬이 멍하니 바닥에 떨어진 검을 내려다보았다.
 그리고 독고천과 시선이 마주쳤다.
 독고천은 어느새 검을 집어넣은 채 표하섬을 내려다보고

있었다.

표하섬이 낮은 신음을 터뜨렸다.

"……져, 졌다."

"이번엔 누구를 데려올 것이오?"

표하섬의 얼굴이 붉어졌다.

힘줄이 잘렸다는 것은 검객으로서의 생명이 끝났다는 것을 의미했다.

물론 뛰어난 의원에게 당장 달려간다면 어찌 어찌 고쳐 줄 수는 있을 것이다.

그러나 최소 일 년 동안은 검을 쓰지 못한다고 봐야 했다.

검객이 검을 쓰지 못할 때 느끼는 상실감은 상상도 못할 정도였다.

표하섬은 고개를 내저었다.

"이곳에서 끝내겠네. 뛰어난 검객에게 시비를 건 점, 청성을 대신해서 사과하겠네."

청성은 뛰어난 검객에게 존경을 표하는 문파 중 하나였다. 상대가 나쁜 놈이라 해도 뛰어난 검술을 지녔다면 존경을 표하는 문파였다.

그 정도로 청성은 검에 미친 문파 중 하나였다.

또한 더 이상 문제가 커진다면, 방파 대 방파의 싸움으로 번질 우려가 있었다.

천마신교의 고수로 추측되는 상대였기에 함부로 대할 수 없었다.

표하섬의 진중한 표정을 지켜보던 독고천이 고개를 주억거렸다.

"가자."

그러자 옆에 숨어 있던 우진후가 쪼르르 달려오더니, 독고천의 뒤를 쫓았다.

그 모습을 바라보던 표하섬이 한숨을 내쉬었다.

"……마교에 있기엔 아까운 검귀로구나."

홀로 중얼거리던 표하섬이 왼손으로 검을 들고는 청성의 제자들에게 외쳤다.

"돌아가자."

청성파로 돌아가는 그들의 뒷모습에서는 무언가 쓸쓸함이 묻어 나오고 있었다.

* * *

"어찌 되었소?"

강호무림맹 맹주, 사천반이 묻자 황보찬 장로가 서신을 건네주며 옅은 미소를 지었다.

"우선 모든 곳에 서류를 보내 놓았습니다."

서신을 읽어 내려가던 사천반이 눈을 동그랗게 떴다.

"정녕 이게 사실이오?"

그러자 황보찬 장로가 만족한 표정으로 고개를 끄덕였다.

"예. 마교와 접촉하였던 모든 문파에 중원 진출에 관련된 서신을 보냈습니다. 아마 그들 중 대다수가 본 맹에 가입을 해 올 것입니다."

서신을 읽어 내려가던 사천반이 갑자기 걱정스런 표정을 지었다.

"하지만 만약 그 문파들이 서신을 마교에 다시 건네주기라도 하면 물거품이 되지 않겠소?"

"제가 그들에게 뿌리칠 수 없는 아주 매력적인 제안을 했습니다. 중원 진출을 하게 되면 강호무림맹에 가입되어 있는 문파들의 분타를 빌려 주기로 했고, 일 년 단위로 상납하는 상납금도 삼 년간은 받지 않기로 하였으며, 마교에 동맹을 맺었다는 사실도 묻어 주기로 했지요. 아무래도 마교는 혼자고, 정파는 거대하지 않습니까. 결국 우리와 손을 잡을 수밖에 없을 것입니다. 그들도 모두 정파와 손을 잡고 싶어 했지만 우리가 받아 주지 않아서 마교와 손을 잡았던 것뿐이지요."

황보찬 장로의 말에 사천반이 기쁜 듯 고개를 주억거렸다.

"그럼 강호팔대고수는 모이기로 한 거요?"

그러자 황보찬 장로의 함박 미소가 살짝 사그라졌다.

"그중 세 명은 거절하는 바람에 다섯 명밖에 못 구했습니다."

다섯 명이라는 말에 사천반의 눈이 경악으로 물들었다.

"강호팔대고수 중 다섯 명이나 제안에 응했단 말이오? 자존심 하나로 먹고사는 자들인데?"

황보찬 장로가 씨익 웃으며 고개를 끄덕였다.

"예. 받아들일 수밖에 없는 제안이었습니다, 맹주님."

"어떤 제안이었소?"

"본 세가의 힘을 빌려서 모든 문파에 정보를 돌렸지요."

황보찬은 황보세가의 장로이자 강호무림맹의 장로였다.

황보세가에서 그의 위치는 독보적이었다.

황보찬이 말을 이어 나갔다.

"우선 교주를 암살하게 되면 마교와의 대전은 피할 수 없을 것입니다. 결국 붙을 수밖에 없지요. 그리고 만약 붙게 된다면 우리가 이길 수밖에 없습니다. 물론 많은 피해를 입겠지요. 우선 강호팔대고수 모두가 문파에 속해 있다는 점이 도움이 되었습니다. 결국 그들도 문파의 이름을 드높여야 하며, 문파에 얽매일 수밖에 없다는 뜻이지요. 그래서 대전 이후 마교의 무교 내에 있는 비급들을 모두 무상으로 돌려주기로 하였고, 마교에서 얻은 재화(財貨)는 모두 공평하게 나누기로 하였습니다. 상납금도 대전 후 오 년간은 받지 않기로 했습니다."

황보찬 장로의 말을 들으며 가만히 고개를 주억거리던 사천반이 고개를 갸웃거렸다.
 "겨우 그 정도로 그들이 수락했단 말이오?"
 "당연히 아닙니다, 맹주님."
 황보찬 장로의 미소가 짙어지더니, 순간 낮은 목소리로 조용히 말해 왔다.
 "각자 문파에는 아직 해결되지 않은 많은 의문의 사건들이 있습니다. 그걸 그냥 마교에게 덮어씌웠을 뿐입니다."
 황보찬 장로가 음산하게 웃자 사천반이 걱정스런 표정으로 물었다.
 "그러나 그들이 눈치채지 않겠소?"
 "눈치챘을 때는 이미 교주가 죽은 후겠지요. 교주만 죽는다면 눈치를 채든 말든 상관없습니다. 어차피 대전은 피할 수 없습니다. 그리고 먼저 마교 측에서 대전을 준비해 왔습니다. 단지 조금 더 본 맹이 편하고자 편법을 쓴 것이지, 나쁜 짓을 한 것은 아닙니다. 오히려 강호를 수호하겠다는 마음을 지니고 있는 것이지요."
 그러자 사천반의 걱정스런 표정이 펴지기 시작했다. 황보찬 장로가 차를 홀짝였다.
 "맹주님도 편히 앉아서 구경만 하시면 됩니다."
 황보찬 장로의 말에 사천반의 표정이 완전 풀어지며 미소가 머금어졌다.

사천반도 차를 홀짝이며 고개를 끄덕였다.
그때 갑자기 황보찬 장로가 입가를 씰룩이더니, 호탕하게 웃기 시작했다.
그러자 사천반도 잠시 망설이더니, 황보찬 장로를 따라 웃기 시작했다.
그렇게 회의장은 웃음소리로 가득해져 갔다.

*　*　*

총타에 도착한 우진후는 연신 돌아다녔다.
내총관 문장덕이 독고천의 제자로 소개했기 때문에 많은 고수들이 우진후를 함부로 대하지 않았다.
물론 천마신교는 자신의 힘으로 올라선 자만을 인정하기 때문에 함부로 대하지 않았을 뿐, 아부 같은 행위는 없었다.
우진후는 무고에 박혀서 나올 생각을 하지 않았다.
책을 좋아하진 않지만, 그렇게 좋아하는 무공비급이 쌓여 있는 무고를 보자 입이 떡 벌어졌던 것이다.
한편, 독고천은 문장덕에게 잡힌 채 연신 서류에 시달리고 있었다.
서류에 인장을 찍던 독고천이 무언가 생각났는지 수하를 불렀다.

"부르셨습니까, 교주님?"

"그래. 그 손님방인가 뭔가에 갇혀 있는 도둑놈 한 명 있지 않냐? 살아 있냐?"

독고천의 물음에 수하가 고개를 끄덕였다.

"불투신투 말씀이십니까? 살아 있습니다."

"그래, 그 머시기. 데려와."

"존명."

수하가 나가자 독고천이 자신의 품속에서 서적을 꺼내 들었다.

서적 안에는 지도가 들어 있었는데, 많은 글자들이 그려져 있었다.

추가적으로 독고천이 써 놓은 글자들도 보였다.

분명 지도는 흑산 부근을 얘기하고 있었는데, 그놈의 비급은 코빼기도 보이지 않았다.

물론 신마 선배를 만난 덕분에 많은 것을 이뤘지만, 비급은 독고천의 뇌리 속에서 연신 아른거리고 있었다.

신마 선배도 어떤 무공에 대한 비급을 찾으려다가 그 진법에 갇혔다고 하지 않았던가.

그렇다면 흑산 부근에 비급이 있는 것이 확실했다.

'우선 중원 일통 후 방해자들이 없어지면 다시 가 봐야겠군.'

독고천이 중원 일통을 서두르려는 이유가 얼핏 드러났다.

잠시 지나자 수하가 불투신투 적용반을 데려왔다.

손님 대접을 확실히 받았는지 얼굴엔 기름기가 좔좔 흐르고 있었고 살도 쪄 있었다.

"어라, 오랜만이네?"

적용반이 밝게 미소 지었다.

천마신교 생활에 적응을 끝냈는지 자연스런 반응을 보였다.

그 모습에 독고천이 피식 웃었다.

"잘 지냈나?"

"그래, 아주 잘 지냈다. 그런데 너 좀 높은 위치에 있나 보다. 따로 방도 있고 말이야."

적용반이 교주실을 둘러보며 탄성을 내질렀다. 이곳에 잡혀 있는 포로가 맞는지 의심이 갈 정도로 자연스러운 행동이었다.

독고천이 적용반을 지켜보다가 입을 열었다.

"그나저나 그 비급 말이지."

"아, 그 비급. 난 포기했어. 그거, 내가 몇 년을 찾아다녔는데 없더라고. 그리고 너한테 뺏긴 이후로는 속이 다 시원하더라니까. 그리고 여기 사람들이 얼마나 잘해 주던지. 잠도 재워 주고 밥도 제때 주고…… 뭐, 나랑 대화를 하려고도 하지 않는다는 점이 아쉽긴 하지만, 얼마나 편한지 몰라. 막 일부러 도망가려고 했는데, 다시 돌아왔다니까."

적용반이 행복한 표정을 지으며 말해 왔다.

그러자 독고천이 고개를 내저었다.

"아니, 그 비급을 찾으러 나랑 같이 나갔다 와야겠는데?"

그러자 적용반의 표정이 일순 보기 흉할 정도로 일그러졌다.

"싫은데."

몸을 일으킨 독고천이 적용반의 팔을 잡더니 부러뜨렸다.

딱!

적용반이 괴성을 내지르며 소리를 질렀다.

"이, 이 미친놈아!"

그러자 독고천이 반대편 팔도 부러뜨리려 하자 적용반이 갑자기 무릎을 꿇었다.

"미, 미안합니다. 당장 나가시죠. 따라오시면 됩니다. 제가 앞장서겠습니다."

독고천이 피식 웃고는 교주실 밖으로 나서자 수하들이 부복했다.

"교주님을 뵈옵니다."

교주라는 말에 적용반의 표정이 굳어졌다.

"너, 너…… 아니, 그쪽이 교주님이신가 봐요?"

그러자 독고천이 고개를 끄덕였다. 적용반은 벌레라도 씹은 양 표정이 일그러졌다.

청성검객(青城劍客) 263

천마신교의 교주가 지닌 공포스러움은 엄청났다. 재미 삼아 사람들을 죽이고, 정혈을 마시고, 시체와 뒹군다는 악명을 가진 것이 바로 천마신교의 교주였다.

그런데 이렇게 약해 보이는 자가 교주일 줄이야.

그 악명들과 눈앞에 보이는 흑의사내의 모습은 전혀 겹쳐지지 않았다.

그러나 독고천의 정체를 알고 나자 적용반의 말투가 공손해지기 시작했다.

"지, 지금 나가실까요?"

그러나 독고천은 굳이 생각을 고쳐 줄 필요를 느끼지 못했기에 고개를 끄덕일 뿐이었다.

적용반이 앞장서서 걸어가자 숨 막힐 듯한 마기를 풍기는 자들이 하나같이 정중히 인사를 해 왔다.

"교주님을 뵈옵니다."

그럴 때마다 적용반은 움찔거리며 그들과 애써 눈을 마주치지 않으려 했다.

초반에 잡힌 이후로 도망갈 생각조차 하지 않으니, 마기를 풍기는 자들이 하나씩 줄어들기 시작했다.

그리고 무공을 익히지 않은 하녀나 하인들만이 손님방으로 들락날락거렸다.

그러니 이곳이 천마신교라는 것을 잊고 살았던 것이다.

적용반이 그제야 깨달았다.

이곳이 공포의 대명사, 천마신교 총타라는 것을 말이다.
그리고 적용반은 공포의 대명사들의 대표격인 교주와 함께 동행하는 중이었다.
그놈의 빌어먹을 비급을 찾으러.

　　　　*　　　*　　　*

적용반은 연신 투덜거리며 부러진 팔에 부목을 받쳤다.
'이 미친놈은 툭하면 팔다리를 부러뜨리려 하네. 정말 무서운 놈이야.'
숲 속에서 불을 피우던 적용반이 고개를 내저으며 혀를 찼다.
독고천은 조용히 가부좌를 튼 채 운공을 하고 있었다.
그 모습을 바라보던 적용반은 유혹에 휩싸였다.
'이놈…… 지금 심마에 들게 하고 도망칠까?'
원래 운공 중에는 절정고수라 할지라도 취약했다. 그런데 그 절정고수가 천마신교의 교주라는 것이 걸렸다.
'그 악마 놈들의 대장쯤 하려면 엄청난 무공을 지니고 있겠지?'
무고 안에서 잡혔던 날이 적용반의 뇌리에 생생하게 스쳐 지나갔다.
그리고 곧 고개를 내저으며 유혹을 뿌리쳤다.

'그래, 비급만 찾아 주고 도망가자. 아니, 거기서 나오기 싫은데⋯⋯. 그래, 비급을 찾아 준 대가로 거기서 평생 살게 해 달라고 하자. 걱정도 안 하고 놀고먹기 얼마나 좋아.'

 적용반은 실실거리며 덩실덩실 춤을 추었다.

 아까 수확한 고구마를 불 위에 올려놓자 구수한 냄새가 물씬 풍겨 왔다.

 그러나 적용반은 혀를 찼다.

 "어제 먹은 상큼한 어향육사(漁香肉絲)가 벌써부터 그리워지는군."

 천마신교에 있으면서 입맛만 높아진 적용반이 혀를 차자, 독고천이 슬쩍 눈을 떴다.

 적용반이 움찔거리며 고구마를 주워 들더니 흥얼거렸다.

 "고구마다. 맛있는 고구마."

 고구마의 껍질을 까 먹던 적용반이 문득 인상을 찌푸리며 이를 갈았다.

 '이런 젠장, 빨리 돌아가고 싶군.'

 적용반은 고구마를 우걱우걱 씹으며 지도를 펼쳤다.

 독고천이 대부분의 해독을 적어 놓았는데, 적용반이 보기에도 혀를 내두를 정도였다.

 '짧은 시간 내에 이렇게 많이 해독을 할 줄이야.'

 그런데 무언가 이상했다.

독고천이 적어 놓은 것 뒷부분에 글자 하나가 가려져 있었다.
　산맥과 산맥이 이어지는 부분에 교묘하게 한 글자가 그려져 있어서 얼핏 보기에는 산맥의 끝부분 같았다.
　독고천도 그것은 보지 못한 듯 그것에 대한 해독은 전혀 없었다.
　"저, 독고 대협······."
　독고천이 운공 중 눈을 뜨자 적용반이 지도를 가리켰다.
　"이곳에 한 글자가 숨겨져 있는데 말입죠."
　독고천이 지도를 받아 들고는 유심히 산맥 쪽을 훑었다.
　아니나 다를까.
　골짜기[谷]라는 글자가 교묘히 숨어 있었다.
　흑산이 아니었다. 흑산곡(黑山谷)이었던 것이다.
　순간, 독고천의 신형이 앞으로 쏘아져 나갔다. 갑자기 독고천이 사라지자 적용반이 살짝 고민했다.
　'도망갈까?'
　그러나 독고천이 사라진 곳에서 엄청난 살기가 폭사되자 적용반은 한숨을 내쉬었다.
　"가요, 갑니다."

*　　*　　*

중경(重慶) 흑산곡(黑山谷).

독고천이 고개를 끄덕이며 지도를 품 안에 집어넣었다.

여기였다.

요녕의 흑산이 아니라, 바로 중경의 흑산곡이 지도가 말하는 곳이었던 것이다.

저 멀리서 적용반이 헐떡이며 쫓아오고 있었다. 그는 부목도 내던져 버리고 비틀거리며 다가왔다.

"도착했습니까?"

적용반의 물음에 독고천이 고개를 끄덕였다.

그러자 적용반이 혀를 내둘렀다.

적용반은 불투신투라 불리는 도둑계의 전설이라고 볼 수 있었다.

경신술에 있어 가히 독보적인 경지에 오른 그였지만, 독고천의 경신술은 그야말로 경악할 정도였다.

물론 팔이 부러진 탓에 제대로 된 경신술을 뽐내진 못했지만, 그럼에도 독고천의 경신술은 혀를 내두를 정도였다.

독고천은 망설임없이 흑산곡 안으로 걸어갔다. 적용반도 급히 그 뒤를 쫓았다.

깊어질수록 흑산곡은 점점 음산해져 갔고, 빛조차 들지 않았다.

적용반이 몸을 떨었다.

"이런 곳에 비급이 있으려나?"

하지만 독고천은 아무런 대답 없이 묵묵히 걸을 뿐이었다. 적용반이 혀를 찼다.

그러던 한순간, 독고천이 무언가를 발견했는지 신형을 날렸다.

독고천이 주위를 살펴보았다.

진법이 파괴되었던 흔적이었다.

거목을 중심으로 양옆에서 진법의 중심축 역할을 한 듯 보이는 비석이 박살 나 있었다.

독고천이 거목 쪽을 훑었다.

아니나 다를까.

거목 뒤에 동굴로 통하는 작은 통로가 보였다. 독고천은 주저없이 몸을 집어넣었다.

적용반이 투덜거리며 그 뒤를 쫓았다.

어두운 통로에서는 시큼한 냄새가 풍겼다.

어느 정도 걸어가자 통로가 점점 넓어지더니, 작은 문이 모습을 드러냈다.

문은 매우 단단해 보였고, 열쇠구멍 같은 것이 있었다.

독고천이 품 안에 간직하고 있던 옥빛 열쇠를 꺼내 구멍에 꽂았다.

철컥.

그러자 문이 열렸다.

독고천의 심장이 조금씩 빨리 뛰기 시작했다.

안에는 자그마한 단상이 있었는데, 그 위로 하나의 상자가 있었다.
그런데 이게 웬일인가.
상자는 이미 열린 채 내동댕이쳐져 있었다.
독고천이 낙심하며 상자를 뒤졌지만, 아무것도 없었다.
단상 뒤로는 자그마한 구멍이 하나 나 있었는데, 열쇠가 없어서 땅굴을 판 듯싶었다.
한발 늦고 만 것이었다.
무공의 극의를 이룰 수 있다는 희망으로 하루도 쉬지 않고 달려왔건만 물거품이 되어 버렸다.
독고천은 힘없이 단상에 주저앉았다.
얼마 지나지 않아 적용반이 기침을 하며 문밖으로 나왔다.
"어이쿠, 뭐 이리 먼지가 이리 많아? 어라? 비급인가?"
적용반이 급히 떨어져 있는 상자를 뒤져 보았지만, 안은 텅텅 비어 있었다.
적용반이 설마 하는 표정으로 독고천을 바라보았다.
"설마 이미 털렸나?"
독고천은 아무 말도 하지 않은 채 조용히 의자에 앉아 있었다.
그러자 적용반이 한숨을 내쉬며 주위를 두리번거렸다.
그러다 단상 뒤에 있는 땅굴을 발견했다.

땅굴을 살펴보던 적용반이 이를 갈았다.
 "지귀(地鬼)가 먼저 다녀갔구나!"
 지귀라는 말에 독고천이 벌떡 일어나더니, 적용반의 멱살을 틀어잡았다.
 "지귀라고? 그게 누구냐?"
 적용반이 답답한 듯 컥컥거렸다.
 "따, 땅굴을 파는 도둑놈입죠."
 지귀는 유명한 도둑 중 한 명이었는데, 땅굴을 파는 수법으로 유명했다.
 지귀가 저지른 가장 유명한 사건은 무당의 신물 태극검(太極劍)을 훔친 일이었다.
 무당 장문인의 침실 아래로 땅굴을 파서 태극검을 훔쳐갈 정도로 실력이 뛰어났고, 배짱 또한 두둑했다.
 때문에 많은 문파들이 지귀로 인해 몸살을 앓았고, 지금은 어디로 사라졌는지 모르는 도둑 중 하나였다.
 "그 지귀라는 놈은 어디에 있지?"
 적용반이 숨쉬기가 어려운 듯 독고천의 손등을 계속 두드렸다. 그러자 독고천이 멱살을 놓았다.
 적용반이 엉덩방아를 찧더니 투덜거리며 말했다.
 "그건 저도 모릅죠. 아마 정보로는 최고인 하오문이라면 알 겁니다."
 하오문이라는 말에 독고천이 지도를 펼쳤다.

문파들의 위치가 상세히 나와 있는 지도였다.

중경 근처를 살펴보던 독고천의 눈이 빛났다.

"귀주에 분타가 하나 있군."

갑자기 독고천의 신형이 사라졌다. 그러자 적용반이 엉덩이를 털며 일어서더니 투덜거렸다.

"또 사라졌네, 또 사라졌어."

적용반도 자포자기의 심정으로 독고천의 뒤를 쫓았다.

* * *

하오문 귀주 분타주는 아닌 밤중에 홍두깨식으로 잠에서 깨어났다.

"아, 뭐냐?"

시퍼렇고 차디찬 칼날이 분타주의 목에 닿아 있었다. 분타주는 눈치가 비상한 편이었다.

지금 이 상황이 어떤 상황인지 이해하고는 침을 삼켰다.

분타주는 눈곱도 떼지 못한 채 떨리는 목소리로 물었다.

"무, 무엇을 원하십니까?"

그러자 검을 들고 있는 괴한이 무심히 말했다.

"지귀에 대한 모든 정보."

"지귀라면…… 도둑놈 말씀이십니까?"

분타주의 질문에 괴한이 고개를 끄덕였다. 그러자 분타

주가 식은땀을 흘리며 입을 열었다.
"지귀의 정보는 여기에 없습니다. 총타에는 있을 겁니다."
순간, 칼날이 분타주의 목을 파고들었다.
따끔거리며 피가 흘러나왔다. 분타주가 벌벌 떨며 사정했다.
"제, 제발 목숨만 살려 주십쇼. 정말 이곳엔 지귀에 관한 정보는 없습니다. 총타에 있을 겁니다."
하오문의 총타는 어딘지 알려져 있지 않았다.
아무래도 정보를 취급하는 문파다 보니 총타의 위치를 철저히 숨긴 것이다.
그것이 강호에서 장수할 수 있는 비결 중 하나이기도 했다.
"총타에 지귀에 관한 정보를 보내 달라고 해라."
괴한이 위협하자 분타주가 연신 고개를 끄덕이며 서신 한 장을 작성하기 시작했다.
암호로 되어 있는 서신이었는데, 그것을 보던 괴한이 무심히 말했다.
"암호라…… 내가 이것을 읽지는 못하겠지만, 만약 허튼 짓을 할 경우엔……."
괴한의 검이 번쩍였다.
"……목이 남아나질 않을 거야."

분타주가 알았다는 듯 연신 고개를 끄덕였다.
그러자 괴한이 검을 거두고는 살벌하게 말을 남겼다.
"일 주야 후 다시 오지."
순간, 괴한이 모습을 감추었다.
그제야 분타주가 진이 빠진 듯 침대에 주저앉으며 한숨을 내쉬었다.
"휴우, 엄청난 고수로군. 말로만 듣던 것과는 차원이 달라."
마음을 추스른 분타주가 서신을 마저 작성해 나갔다.

마교 교주, 귀주에 있음.
지귀에 대한 정보를 요구.
일 주야 후 다시 오기로 하였음.
강서성 확정.

서신을 돌돌 말고는 분타주가 구석에 있는 통에 집어넣었다. 그러자 서신이 통 안으로 쏙 들어갔다.
분타주가 식은땀으로 흠뻑 젖은 상의를 갈아입으며 혀를 찼다.
"정말 귀주에 있을 줄이야. 강호무림맹은 그자의 위치를 어떻게 안 거지? 대단하군."

第八章
팔대고수(八代高手)

정확히 일 주야 후, 흑의를 입은 괴한이 다시 분타주 앞에 나타났다.

분타주는 기다렸다는 듯 품속에서 서신을 건네주었다.

괴한이 서신을 받아 훑어보더니 분타주를 노려보았다.

"확실한 건가?"

"예, 예. 강서성에서 모습을 드러냈다고 합니다. 이 주야도 채 되지 않았으니, 아마 아직 그 근처에 있을 거라 예상됩니다."

분타주의 얼굴을 조용히 바라보던 괴한이 고개를 끄덕였다.

"믿어 보도록 하지."

"예, 예. 감사합니다."

분타주가 굽실거리며 고개를 숙였다.

그리고 분타주가 고개를 들었을 때, 괴한은 이미 사라지고 없었다.

놀란 분타주가 주위를 두리번거리며 혀를 내둘렀다.

"귀신이 곡할 노릇이군. 왜 그를 추적하는 데 애를 쓰는지 알 것 같기도 하군. 그나마 중간 중간 이런 곳에 모습을 드러내야 겨우 위치를 파악할 수 있으니 원."

분타주가 품 안에서 새하얀 서신을 꺼내더니, 날렵한 필체로 글을 써 내려갔다.

마교 교주, 강서성으로 출발.

* * *

적용반이 한숨을 내쉬었다.

"그런데 꼭 그 비급이란 게 필요합니까? 저도 비급을 다 읽어 보긴 했지만 뭔 소리인지도 모르겠고, 별 필요도 없던데……."

독고천은 슬쩍 적용반을 바라보고는 고개를 내저었다.

물론 비급 하나하나를 보았을 때는 아무런 가치가 없었다.

중간에 끊긴 비급이고, 거기다 말도 안 되는 깨달음에 관한 내용들뿐이었으니.

하지만 절정의 경지를 뚫은 자라면 알아볼 수 있었다.

그것이 상승의 깨달음을 말해 주는 비급이며, 새로운 경지에 대한 설명이라는 것을 말이다.
 독고천 자신도 난해하다고 생각하며 머리가 지긋지긋 아파 올 정도이니, 그보다 한참 아래인 적용반은 어떻겠는가.
 그리고 듣다 보니 지귀라는 놈도 그렇게 무공이 뛰어난 놈은 아니었다.
 적용반이야 원래 희한한 놈이라서 비급을 가지고 다니면서 재미로 찾고 다녔지만, 지귀는 그 비급을 버렸을 수도 있었다.
 돈이 되질 않으면 미련없이 버리는 것이 도둑놈들의 심보였다.
 바위에 앉아서 육포를 우물거리던 독고천이 벌떡 일어났다.
 순간, 적용반이 움찔거리며 눈치를 살폈다.
 아니나 다를까, 독고천의 신형이 앞으로 쏘아져 나갔다.
 적용반이 씹어 먹던 육포를 내던지면서 욕지거리를 내뱉었다.
 "이런 젠장, 또 저렇게 가네."
 적용반도 곧바로 독고천의 뒤를 쫓았다.
 '왜 이런 사서 고생을 하는지.'
 적용반이 깊은 한숨을 내쉬었다.
 그놈의 마교에서 편한 생활 좀 해 보자고 따라온 것이 실수였다.

당장에라도 도망가고 싶지만, 이미 편한 생활에 길들여진 적용반이었다.

더 이상 도둑질이나 하면서 평생을 살 순 없었다. 그렇다고 평생을 마교에선 살 수도 없었다.

결국 적용반은 결심을 내렸는지 순간 걸음을 멈추고 뒤로 도망가기 시작했다.

그러면서 슬쩍 뒤를 돌아보았다. 다행히 아무도 쫓아오지 않고 있었다.

'그래! 도망갈 수 있다!'

그리고 앞을 돌아보는 순간, 무언가에 부딪치며 뒤로 널브러졌다.

"크헉!"

적용반이 힘겹게 상체를 일으키자 언제 왔는지 모를 독고천이 내려다보고 있었다.

독고천이 씨익 웃었다.

"난 지귀의 얼굴을 모른단 말이지."

'이런 떨그랄.'

적용반이 미소를 짓더니 몸에 묻은 흙을 털어 내며 몸을 일으켰다.

"하하, 제가 도망간다고 착각하셨나 봅죠?"

"그럼 아닌가?"

독고천의 물음에 적용반이 고개를 내저으며 수풀 쪽을

살피는 척했다.
 "사실 어떤 그림자를 본 것 같아서 지귀 놈이 아닌가 확인하려고 했던 것뿐입죠. 하하!"
 적용반이 억지로 웃으며 수풀을 뒤적이자 독고천이 어깨를 들썩였다.
 "믿어 주지."
 독고천의 신형이 다시 쏘아져 나갔다. 적용반은 울상을 지으며 그 뒤를 쫓았다.

* * *

 강서에 도착한 독고천은 무작정 돌아다녔다.
 마을부터 산속까지 샅샅이 뒤졌다.
 적용반은 울상을 지으며 그 뒤를 쫓았고, 독고천은 무언가에 홀린 것마냥 지귀를 찾기 위해 강서를 헤맸다.
 그렇게 열흘이 지났지만 지귀의 머리털 하나 발견하지 못했다.
 하지만 독고천은 포기하지 않았다.
 사람이 살 수 없을 만한 곳을 모두 뒤졌지만, 결국 지귀의 지 자도 볼 수 없었다.
 독고천의 뒤를 쫓는 적용반의 얼굴은 초췌했으며, 바람이라도 불면 날아갈 것같이 위태위태해 보였다.

"독고 대협……."

앞장서던 독고천이 뒤를 힐끗 보았다. 그러자 적용반이 힘겹게 말을 꺼냈다.

"제가 볼 때 지귀 놈은 이런 곳에 있을 놈이 아닙니다. 객잔이나 번화가에 있을 겁니다."

"왜 그렇지?"

독고천의 물음에 적용반이 어깨를 으쓱이며 답했다.

"그게 도둑놈들 심보입니다. 아무래도 훔칠 것이 없는 산속보다는 번화가가 낫지 않겠습니까?"

과연 적용반의 말에는 일리가 있었다.

도둑이 훔칠 것도 없는 산속에 돌아다닐 이유가 있을까?

독고천이 곧바로 번화가 쪽으로 신형을 날렸다. 적용반이 투덜거렸다.

'뭐 말만 하면 없어져요. 아주.'

"같이 갑시다!"

독고천의 뒤를 쫓는 적용반의 경신술은 어느새 매우 매끄러워져 있었다.

하루 종일 경신술을 쓰다 보면 그 누가 나아지지 않을까.

번화가에 들어서자 시장통마냥 사람들이 북적였다.

그런데 운명의 장난이었을까.

뒤에서 쫓아오던 적용반이 멍하니 청의를 입고 있는 사내를 쳐다보았다.

오른쪽 눈매에는 검상이 나 있고, 전체적으로 투박한 인상이었는데, 오른팔보다 왼팔이 살짝 더 길었다.
　지귀였다.
　"지, 지귀!"
　순간, 지귀라 불린 사내가 고개를 돌렸다. 그러고는 놀란 표정을 지으며 적용반의 목덜미를 잡더니 구석으로 끌고 들어갔다.
　"너, 여기서 뭐 하냐?"
　지귀가 놀란 듯 묻자 적용반이 연신 주위를 두리번거렸다. 아직 독고천은 시장 바닥을 뒤지고 있는지 저 멀리 있었다.
　"난 너 찾으러 왔지."
　"날 왜?"
　지귀가 의아한 듯 묻자 적용반이 뭐라 말하려 했다. 그러나 그 순간, 지귀가 손을 내저었다.
　"하여튼 그게 중요한 게 아니야. 사실 난 지금 비밀 임무 중이거든."
　"비밀 임무?"
　적용반의 되물음에 지귀가 고개를 끄덕였다.
　"아주 중요한 일이지. 내 인생이 바뀔 만한 일이란 말이야. 한 놈을 찾고 있는데 말이야."
　적용반이 계속하라는 듯 고개를 끄덕였다.
　그러자 지귀가 목소리를 낮추며 조심스럽게 입을 열었다.

"독고천이라는 놈을 찾고 있는데 말이지."

순간, 적용반의 눈이 경악으로 물들었다. 그러자 지귀가 고개를 갸웃거렸다.

"왜? 아는 놈이야?"

"……알다마다. 바로 저기 있다."

적용반이 한쪽을 가리키자 흑의를 입은 사내가 어슬렁거리는 것이 보였다.

순간, 독고천과 지귀의 눈이 마주쳤다.

독고천이 씨익 미소를 지어 보이자 갑자기 지귀의 등에 소름이 돋았다.

그리고 찰나의 순간, 독고천이 지귀 눈앞에 서 있었다.

"잘 찾아냈군. 고생했다."

독고천의 말에 적용반은 무작정 고개를 끄덕였다.

그러자 지귀가 놀란 듯 적용반과 독고천을 번갈아 보았다.

"너, 날 찾은 이유가 이 사람 때문에?"

그때, 독고천이 말을 끊었다.

"지귀, 맞나?"

"그, 그렇다."

지귀가 당황했는지 말을 더듬었다. 그러자 독고천이 무심히 말했다.

"무위경(無爲境)은 어디에 있나?"

무위경이란 말에 지귀가 살짝 멈칫거리더니, 눈이 경악

으로 물들었다.

"그, 그걸 어떻게?"

독고천은 아무 말 없이 지귀를 노려보았다. 순간, 엄청난 살기가 지귀의 몸을 옭아맸다.

지귀의 다리가 후들거리며 떨렸다.

지귀가 힘겹게 말했다.

"사, 사실 뭔 소리인지 몰라서 백운산 근처에 버렸다."

지귀의 말에 독고천이 고개를 끄덕였다.

만약 다른 절정고수가 그런 말을 했다면 거짓이라 생각했겠지만, 적용반도 무슨 소리인지 몰라서 버리려고 했다고 하지 않았던가.

지귀도 똑같았을 것이다.

"안내해라."

독고천의 살벌한 말에 지귀가 고개를 끄덕였다. 그리고 앞장서기 시작했다.

적용반은 그 모습에 독고천을 물끄러미 쳐다보며 조심스럽게 말했다.

"저, 전 이만 돌아가 봐도 될는지?"

독고천이 고개를 끄덕이자 적용반의 얼굴이 미소로 가득 찼다.

"고생하십쇼."

순식간에 적용반이 모습을 감췄다.

지귀는 백운산 초입을 지나 중턱으로 발걸음을 옮기고 있었다.

그런데 독고천은 무언가 마음에 걸리는 것이 있는 듯 지귀를 노려보고 있었다.

'이상하군. 아무리 내가 살기를 뿜었다 해도 이렇게 쉽사리 진실을 내뱉다니……'

무언가 이상하긴 한데 지귀의 얼굴에 떠오른 공포스런 표정을 보면 또 아닌 것 같기도 했다.

연신 작은 무언가가 마음에 걸렸다.

그러던 중 갑자기 지귀가 걸음을 멈추었다.

"저기입니다."

지귀가 손가락으로 가리킨 곳. 그곳에는 강물이 세차게 흘러내리고 있었다.

"강물에 버렸나?"

그러자 지귀가 고개를 끄덕였다. 독고천은 참담한 표정을 감추지 못했다.

강물에 빠졌다면 이미 멀리 흘러가 버렸을 것이다. 물론 계속 찾다 보면 언젠가는 찾겠지만, 그야말로 사막에서 바늘 찾기였다.

독고천이 멍하니 강물을 바라보고 있는 틈을 타 지귀가 몸을 날렸다.

그러나 더 이상 안내는 필요없었기에 독고천은 지귀를 내버려 두었다.
강물은 투명한 편이었지만 폭이 넓어서 오랜 시간 동안 찾아야 할 듯싶었다.
그런데 그때였다.
수풀에서 강대한 기운이 흘러나왔다. 여태까지 기운을 억지로 숨기고 있던 듯 불안정한 기운이 넘실거리기 시작했다.
독고천이 급히 몸을 일으켰다.
뒤를 돌아보자 수풀 속에서 머리를 깔끔히 밀어 버린 백의 중년인이 걸어 나왔다.
"오랜만입니다."
승복을 깔끔하게 차려입은 승려가 합장을 해 왔다. 소림의 방장, 소림권황 혜연이 강서 백운산(白雲山)에 모습을 드러낸 것이었다.
"혜연 대사?"
독고천이 놀라며 묻자 혜연이 고개를 끄덕였다.
"그때는 시주의 정체를 몰랐지요, 교주."
순간, 독고천의 표정이 일그러졌다.
역시나였다. 무언가가 마음에 걸렸다 싶었는데, 지귀가 자신을 함정에 빠뜨린 것이었다.
원래 도둑놈들이란 게 자신의 이익이 걸려 있지 않으면

쉽사리 움직이지 않았다.

쉽사리 길 안내를 한다고 했을 때 눈치챘어야 했는데, 자만심이 독고천을 함정에 빠뜨리고 만 것이었다.

순간, 혜연의 뒤에서 사내들이 한 명씩 모습을 드러냈다.

청의를 차려입은 무당의 도사, 태극검제(太極劍帝) 청산이 무심한 표정으로 걸어 나왔다.

"오랜만이오."

옆에는 매화검수(梅花劍手) 태전운이 약간 상기된 표정으로 서 있었다.

"그대가 교주인 줄은 몰랐습니다."

태전운은 전에 보았던 독고천의 무위를 기억하고 살짝 긴장했는지, 경직되어 있는 모습이 눈에 띄었다.

그들의 뒤로 독고천이 처음 보는 자들이 하나둘씩 걸어 나왔다.

"만나 뵙게 되어 영광이오. 태청무왕(太淸武王) 석대풍이오."

장대한 기골의 거한이 포권해 왔다.

태청무왕 석대풍은 곤륜의 최고수로, 태허도룡검법을 통한 무형의 기운을 사용하여 바위조차 두부마냥 벤다는 절정의 검객이었다.

거한 옆에는 꾀죄죄한 복장의 거지가 부채를 들고 서 있었는데, 그의 코는 매우 빨갰다.

"안녕하쇼. 취봉선(取棒仙) 자충진이외다."

그는 개방의 방주였다.

심각할 정도로 술을 마시는 그는 취권의 달인이었는데, 술에 취해야만 본신의 절기를 발휘한다고 알려진, 독특한 고수였다.

거지 옆에는 청의 중년인이 서 있었는데, 검집에는 구름 모양의 암기인 청운침이 달려 있었다.

"청성신검(靑城神劍) 풍진이오. 본 파의 제자들이 교주께 신세를 지었다고 알고 있소."

청성검객이라 불리는 청성의 최고수, 풍진이 검병에 손을 올려놓은 채 고개를 까닥였다.

그가 펼치는 청풍검법(淸風劍法)은 광풍과도 같이 매섭고 날카롭다고 알려져 있었다.

검에 대한 집착이 강한 검귀이기도 했다.

풍진 옆에는 적의를 날렵하게 차려입은 여인이 있었는데, 매우 차가운 인상을 지니고 있었다.

"복마괴검(伏魔怪劍) 왕도화."

왕도화가 살짝 고개를 까닥였다.

공동의 골칫덩어리였지만, 검술만큼은 모두가 인정하였다.

비록 성격이 포악하고 별나서 공동에서는 내놓은 자식 취급을 하고는 있지만, 정작 필요할 때 누구보다도 커다란 도움이 되는 그녀였다.

그녀의 손가락은 연신 꼼지락거렸는데, 당장에라도 검병을 손에 쥐고 뽑을 것만 같았다.

독고천이 그들을 훑었다.

평생에 단 한 번 보기도 어렵다던 강호팔대고수 중 다섯 명이 눈앞에 서 있었다.

청성신검과 매화검수는 강호팔대고수에 끼진 않았지만 그에 준하는 절정의 고수들이었다.

강호를 좌지우지한다는 절정고수들이 한곳에 모인 장면은 하나의 장관이었다.

물과 기름처럼 어울리진 않았지만, 그들은 각자의 목적을 지니고 온 듯 보였다.

그리고 그 목적은 독고천에게 있는 듯싶었다.

"무슨 일로 다들 날 찾아오셨소?"

독고천이 무심히 묻자 혜연이 직접 앞으로 나서며 입을 열었다.

"교주께서 전쟁을 준비하신다고 들었습니다."

그러자 독고천의 눈이 빛났다.

역시였다.

분명 눈치를 챌 것은 어느 정도 알고 있었지만, 이렇게 빨리, 그리고 이들이 직접 움직일 거라고는 상상조차 못했다.

"그렇소만?"

그러자 혜연을 비롯한 다른 사람들의 눈이 가늘어졌다.
 혜연이 한숨을 내쉬었다.
 "그래서 이렇게 창피함을 무릅쓰고 저희들이 교주 앞에 온 것입니다."
 "뭐 하러 강서 백운산까지 굴러 왔나. 그냥 다들 돌아들 가지그래?"
 독고천의 이죽거림에 다른 이들이 울컥했지만, 혜연이 손사래를 쳤다.
 "우리는 강호의 평화를 원하는 자들입니다. 그리고 그 평화를 교주께서 깨뜨리려 하기에 나선 것입니다."
 "그래서 천하에 난다 긴다 하는 고수들이 나 하나를 잡으러 이렇게 몰려들 왔나?"
 그러자 몇 명의 얼굴이 붉어졌다.
 독고천이 이죽거리며 말을 이어 나갔다.
 "용케 고수들을 모은 것은 고생했군. 쉽게 움직이려 하지 않았을 텐데. 아무래도 문파의 이름을 높이기 위해서 다들 손수 발 씻고 나온 것인가?"
 그러자 얼굴이 붉어졌던 이들의 숨이 거칠어지기 시작했다.
 이것은 알려져서는 안 될 치욕스런 사건이었다. 마교 교주 한 명을 없애기 위해 정파에서 난다 긴다 하는 고수 일곱 명이 모인 일은 누가 본다 해도 창피한 일이 맞았다.

거기다 거의 암습이나 다름없었다.

그들 중 몇 명은 문파의 존주였다.

이 일이 문파에 알려진다면 두고두고 자존심에 금이 갈 것이 뻔했다.

최대한 조용히 처리해야 했다.

순간, 독고천의 검이 태전운의 가슴을 꿰뚫었다. 갑작스런 기습에 태전운이 급히 뒤로 물러서려 했지만, 긴장으로 경직되어 있는 상태였기에 몸의 반응이 한발 늦었다.

독고천의 검이 기묘한 궤도를 그리며 태전운의 복부를 찔렀다.

푸욱!

태전운이 피를 토했다.

"크헉!"

독고천이 곧바로 검을 뽑아 휘둘렀다.

매화검수이자 미래의 화산 장문인감이라 불리던 태전운의 머리가 힘없이 떨어졌다.

태전운의 목에서 피가 솟구치는 것과 동시에 독고천의 몸에서 붉은 마기가 넘실거리기 시작했다.

너무나도 갑작스런 상황에 다른 이들은 멍하니 서서 움직이지도 못하고 있었다.

그때, 혜연이 경악하며 외쳤다.

"공(攻)!"

외침과 동시에 고수들의 신형이 독고천에게로 쏘아졌다.

그들의 병장기가 화려한 빛을 뿜어내며 독고천을 찔러 갔다.

독고천이 급히 발을 구르더니 위로 솟구쳤다. 순간, 고수들의 장풍이 독고천에게 쏘아져 나갔다.

독고천이 급히 몸을 뒤틀었지만, 장풍이 이미 몸에 격중된 뒤였다.

쾅!

독고천이 피를 토했다.

그러더니 잠시 비틀거리던 독고천이 신형을 날렸다.

그 모습에 왕도화가 날카롭게 외쳤다.

"도망간다!"

고수들이 뒤를 쫓자 독고천은 피를 흘리며 이리저리 신형을 날렸다.

장풍에 맞은 곳이 쓰라려 오자 절로 인상이 찌푸려졌다.

여섯 명은 너무 많았다.

더군다나 각자가 절기를 지닌 절정고수들이었으니 말이다.

기습으로 태전운의 목을 따는 데는 성공했지만, 나머지 여섯 명이 문제였다.

그들의 차륜전(車輪戰)에 걸리기라도 한다면, 뼈도 못 추릴 것이 빤했다.

독고천은 살수 출신이기에 기를 잘 숨기는 편이었다.

판단을 내린 독고천이 곧장 나무 위로 올라갔다.
그리고 서서히 기척을 없앴다.
얼마 지나지 않아 고수들이 나무 아래를 스쳐 지나갔다.
그리고 마지막으로 취봉선 자충진이 딸꾹거리며 따르고 있었다.
그의 왼손에는 술병이 들려 있었는데, 이미 얼큰하게 취한 듯 보였다.
바로 그때, 독고천이 신형이 쏘아져 나갔다.
순간, 자충진이 놀라며 옆으로 몸을 날렸지만, 이미 오른팔이 떨어져 나간 뒤였다.
오른팔에서 피가 솟구치자 자충진이 비명을 내질렀다.
"으아악!"
이어 독고천의 검이 휘둘러지자 자충진의 머리가 천천히 땅에 떨어졌다.
자충진의 코는 여전히 빨갰으며, 떨어진 머리 옆에는 술병이 널브러져 있었다.
독고천은 지체없이 수풀 속으로 모습을 감췄다.
그와 동시에 고수들이 들이닥쳤다. 자충진의 시체를 살핀 그들이 침음을 흘렸다.
"귀신같은 놈이군."
복마괴검 왕도화가 이를 갈았다. 자신의 검으로 베고 싶은지 그녀는 연신 손가락을 꼼지락거리며 주위를 살폈다.

그러자 소림권황 혜연이 고개를 내저었다.
"그자의 무공은 우리 개개인보다 뛰어납니다. 떨어져선 안 됩니다."
태극검제 청산이 한숨을 내쉬었다.
"하지만 우리는 교주를 없애러 온 것이지, 몸을 사리기 위해 온 것이 아니오."
청산의 말에 모두가 동의한다는 듯 고개를 끄덕였다. 그러나 문제는 독고천의 기척조차 느낄 수 없다는 것이었다.
도망이라도 가면 기척이라도 느낄 수 있을 텐데, 귀신같이 숨어 있으니 찾아낼 방도가 없었다.
"멀리 가진 못했을 겁니다. 근처를 수색해 봅시다."
혜연의 말에 모두가 고개를 끄덕이며 주위를 두리번거렸다.
그때, 독고천은 나무 위에서 아래를 내려다보며 조용히 한숨을 내쉬었다.
'한 놈씩 없애기도 이제 불가능해졌군.'
이대로 시간이 흐른다면 유리해지는 것은 정과 측 고수들이었다.
그들은 수도 많았고, 번갈아 가면서 잠이라도 자면서 운공을 하면 되었지만, 독고천은 그게 불가능했다.
그런 상태로 나흘이 흘렀다.

* * *

 정파 고수들의 얼굴에는 지친 기색이 역력했다.
 독고천의 모습도 피폐, 그 자체였다.
 나흘 동안 기척을 숨기느라 많은 내공을 쏟아부었다.
 그사이에 운공도 하지 못했으니, 피로가 겹겹이 쌓인 것이다.
 마침내 결단을 내린 듯 독고천이 조용히 고개를 끄덕였다.
 '이 싸움에서 이길 순 없다. 도망가자. 훗날을 기약하자.'
 사실 독고천은 이 싸움에서 이길 생각을 하고 있었다. 도망치면 그 누구도 잡지 못할 테지만, 마도인이란 그랬다.
 걸어오는 싸움에 피할 줄 모르는 것이 바로 마도인이었다.
 그러나 마도인이고 뭐고, 무공의 극의도 못 이룬 채 죽을 순 없었다.
 마도인이 되는 것보다 무공의 극의를 이루는 것이 독고천에겐 더욱 중요했다.
 그리고 결심하자마자 독고천이 급격하게 기를 끌어 올리기 시작했다.
 순간, 정파 고수들이 놀라 나무 위를 올려다보았다.
 그들의 눈에 독고천의 신형이 쏘아져 나가는 것이 보였다.
 정파 고수들은 경악성을 터뜨리며 뒤를 쫓았다.

"잡아라!"

그러나 독고천의 신형은 더더욱 빨라졌고, 정파 고수들과의 거리가 좁혀지기는커녕 점점 멀어지기만 했다.

혜연이 죽을힘을 다해 독고천의 뒤꽁무니를 쫓았지만, 그럼에도 조금씩 멀어지고 있었다.

'엄청난 경공이로구나!'

혜연이 인상을 찌푸렸다.

다른 고수들은 점점 뒤로 처지기 시작했다. 내공이 가장 심후한 혜연이 앞장서고 있었지만, 그도 서서히 한계에 부딪치고 있었다.

그러나 여기서 놓칠 순 없었다.

놓치게 되면 그 결과는 상상도 할 수 없었다.

여태까지 쌓아 온 명성조차 무너질 수 있었다.

절대적으로 잡아야 했다.

하지만 독고천 역시 모든 힘을 쥐어짜서 도망치는 상황.

이미 강서를 벗어나 호남이었고, 어느새 광서로 향하고 있었다.

그가 믿고 있는 것은 광서의 분타였다.

광서의 분타는 총타와 가장 멀리 떨어져 있었기에 강한 고수들을 파견해 취약점을 보충해 왔다. 때문에 다른 분타들에 비해 많은 고수들이 있다는 얘기였다.

그렇기에 독고천은 그곳에 승부를 걸었다.

아무리 강호팔대고수가 세다고 할지라도 분타에 있는 고수들이 시간을 벌어 줄 것이었다.

그동안 운공을 취해 지친 그들의 목을 베면 모든 것이 일사천리로 풀릴 것이었다.

문제는 싸움 초반에 허용한 장풍으로 인해 심한 내상을 입었다는 것이었다.

당장 쓰러져도 이상하지 않을 만큼 독고천의 뱃속은 부글거리고 있었다.

그러던 도중 갑자기 엄청난 고통을 느낀 독고천이 앞으로 고꾸라졌다.

"크흑."

내려다보니 복부 부근이 꿰뚫려 있었다.

전력을 다해 경공을 쓰는 도중이라 호신강기가 약해져 있었기에 갑절로 충격을 받을 수밖에 없었다.

탄지공을 쏘아 낸 혜연의 상태도 말이 아니었다.

선천진기를 끌어내 탄지공을 날릴 정도로, 모든 것을 내건 공격이었다.

그리고 혜연의 도박은 성공했다.

독고천은 피를 토하며 뒤를 흘겨보았다.

저 멀리서 혜연이 달려오고 있었다.

마치 금빛 줄기가 달려오는 것처럼 보였는데, 무서울 정도로 빨랐다.

독고천이 급히 몸을 일으켰다.

그러나 다시금 혜연의 손가락에서 금빛 줄기가 쏘아져 나와 독고천의 왼쪽 복부를 꿰뚫었다.

그와 동시에 혜연의 입에서 피가 흘러나왔다.

선천진기를 너무 무리하게 운용한 탓이었다.

"크흑."

독고천이 검붉은 피를 토하며 다시 앞으로 고꾸라졌다.

혜연이 입가에 묻은 피를 닦아 내더니, 희미한 미소를 지으며 엄청난 속도로 달려오고 있었다.

독고천은 엄청난 고통에 인상을 찡그리며 몸을 일으키려 했다.

그러나 다리가 부들부들 떨렸고, 정신은 희미해져만 갔다.

독고천은 조금이라도 더 멀어지기 위해 기어가기 시작했다.

피를 흘리며 땅을 기는 독고천의 모습은 너무나도 처참했다.

천마신교의 절대지존이 피를 흘리며 땅을 기고 있는 것이었다.

그러나 독고천은 살아야겠다는 의지 하나로 연신 땅을 기었다.

무공의 극의를 이루기 위해서 이대로는 죽을 수 없다는 의지가 독고천의 머릿속에 스쳐 지나갔다.

어느새 혜연의 뒤로 경공을 뽐내며 달려오는 고수들의

모습이 하나둘 나타났다.

그 와중에 혜연은 독고천의 지척까지 다가와 있었다.

순간, 혜연의 주먹에서 금빛이 쏟아져 나와 독고천의 머리를 꿰뚫었다.

쾅!

먼지가 자욱하게 치솟았다.

그리고 서서히 먼지가 가라앉자 혜연이 급히 독고천의 시체를 찾았다.

그런데 분명 머리가 꿰뚫려 있어야 할 독고천이 보이지 않았다.

독고천의 몸에서 흘러나온 듯한 핏물이 땅을 적시고 있었는데, 정작 독고천이 보이질 않았다.

얼마 지나지 않아 다른 고수들이 혜연의 뒤로 내려섰다.

"혜연 대사, 잡았소?"

태청무왕 석대풍의 질문에 혜연이 고개를 끄덕이며 말했다.

"잡긴 했습니다만……."

혜연 대사가 말끝을 흐리자 다른 고수들이 의아한 듯 쳐다보았다.

혜연 대사가 한숨을 내쉬었다.

"……없어졌습니다."

"그게 무슨 소리요?"

고수들의 질문 공세에 혜연 대사가 땅을 살펴보았다. 역시였다.
 핏자국은 그대로였지만 시체는 없었다.
 바로 눈앞에 있었는데 놓쳐 버린 것이다.
 아니다. 놓칠 수가 없었다.
 독고천은 몸을 움직이지도 못할 정도로 중상을 입은 상태였다.
 극성의 탄지공(彈指功)에 두 대나 맞았으니, 성할 리가 없었다.
 그런데 귀신의 곡할 노릇마냥 눈앞에서 사라져 버린 것이다.
 "제가 쏘아 낸 탄지공에 복부가 두 번이나 뚫렸고, 분명 중상을 입고 땅에 엎어져 있는 상태였습니다. 그래서 백보신권으로 머리를 내려쳤는데…… 그대로 없어졌습니다."
 말하는 혜연조차도 믿기지가 않는지 연신 주위를 살폈다.
 독고천이 엎어져 있던 자리에는 커다란 바위만이 존재할 뿐이었다.
 혜연이 바위를 살펴보았지만, 특별한 진법 같은 것은 없었다.
 혜연을 비롯한 모든 고수들이 주변을 한 시진이나 찾았지만, 독고천의 시체는 나오지 않았다.
 결국 밤이 찾아오자 그들은 다음 날 다시 오기로 기약하며 숲 속에서 벗어났다.

독고천이 사라진 장소.

바위의 밑에는 혜연이 미처 발견하지 못한 작은 글자가 투박하게 새겨져 있었다.

은거괴동(隱居怪洞).

<『천마신교』 제3권에서 계속>

1판 1쇄 찍음 2013년 1월 21일
1판 1쇄 펴냄 2013년 1월 24일

지은이 | 운후서
펴낸이 | 정 필
펴낸곳 | 도서출판 **뿔미디어**

편집장 | 이재권
기획·편집 | 문정흠
편집디자인 | 이진선
관리, 영업 | 김기환, 임순옥

출판등록 | 2002년 9월 11일 (제1081-1-132호)
주소 | 부천시 원미구 상3동 533-3 아트프라자 503호 (우)420-861
전화 | 032)651-6513 / 팩스 032)651-6094
E-mail | bbulmedia@hanmail.net

값 8,000원

ISBN 978-89-6775-128-9 04810
ISBN 978-89-6775-126-5 04810 (세트)

※파본은 구입하신 서점에서 교환하여 드립니다.

※이 책은 (도)뿔미디어를 통해 독점 계약되었습니다.
저작권법에 의해 보호를 받는 저작물이므로 무단 전재와 무단 복제를 엄금합니다.

마존현세 강림기

월백 퓨전 판타지 소설

중원을 피로 물들였던 절대적 지배자
적천마존(赤天魔尊)
그가 마침내 현대로 돌아왔다

새로운 삶을 얻은 그가 바라는 것은 오직 단 하나
평범하게 살고 싶다는 소망뿐
그러나 세상은 그를 내버려 두지 않는다

'난 평범하게 살고 싶었다
하지만 먼저 날 건드린 건 너희들이다!'

잠자는 사자의 코털을 건드린 자 누구인가
지금 이 순간, 현대를 질타하는
마존의 위용이 펼쳐진다

4권 출간 예정!